123

偷窺天國

劉紹銘著

三民書局印行

自序

劉紹銘

本書內容，粗分甲乙二輯。甲輯文類，可以移作書名〈偷窺天國〉一篇為代表，習稱雜文。既為雜文，文字格式即便偶見雜亂無章，亦可強解為「合該如是」。

內容方面，本輯所收，勉強可說是「亦莊亦諧」。收入《偷窺天國》各篇，清一色是報紙副刊產品。這種文字，若要一般讀者看得下去，切忌姿態孤芳自賞。〈等待青蛙〉一文，觸及的是中國近代小說一個異象作常規的取材問題。以題目看，「莊」得可以。但我決定以「諧」調出之。無他，因為我知道，在中國文壇一言堂已廢的今天，誰的意見也影響不了誰。板起面孔說教，與嬉皮笑臉證道，效果都相差不遠的話，不如輕輕鬆鬆的面對問題比較舒服。等待青蛙與文學有什麼風馬牛的關係？當然有，這正是後現代精神的寫照。

乙輯各篇，有一共同點：都是與書本有關因應而生的文字。〈平心靜氣讀金庸〉，乃應香港中文大學一九八七年召開的武俠小說研討會而寫。事隔多年，此文自覺尚未淪為明日黃花，因為文內談的「僑教」問題，今天的大氣候，並沒有多大改變。今天香港年輕一代，中文程度如江河日下，是不爭的事實。以此意識看，金庸小說的語文功用，日見顯著。

時近世紀末，有關大限的各種「預言」，必會越來越多。收入乙輯的〈末日說〉，有益世道人心，讀者萬勿錯過。

除了〈平心靜氣讀金庸〉外，本集所收，均為近兩年的作品，先後發表於臺灣的《聯合報》、《中時晚報》、《中華日報》、香港的《信報》和《香港聯合報》。藉此機會，特向各編輯朋友致謝意。

一九九五年九月三日

劉紹銘　識於嶺南學院

偷窺天國

甲輯

偷窺天國

「天國近了，你們應當悔改」，從語法看，是假定滔滔之世，無一不是罪人。從我小時所受的天主教教義看，如果上帝真的要跟我們斤斤計較，萬死也抵不了餘辜。

用天國作餌勸人為善，是勵志。其實，真要發生嚇阻作用，說地獄近了，效果還大。

天主教把人生看作涕泣之谷。陽壽盡了得升天堂，毋疑是大解脫。為了免受地獄刀山油鑊之苦（這是借喻），信徒立身處世，如臨深淵，應不差池。以宗教眼光看，今生不過是來世的部署。

不過，話說回來，人生雖然苦多樂少，各憑一己所好，總會找到些補償性的賞心樂事。官能之樂，除了以色犯禁期期不可外，其他不觸十誡清規。濁酒濃煙，只要視死如歸，也是人生一樂。「眼睛吃冰淇淋，靈魂坐梳化椅」，切忌曲解，原意指的是張開眼睛看名畫，閉起眼睛聽音樂。

精神境界昇華，暫可樂以忘憂。涕泣之谷尚堪忍受，靠的就是我們苦中作樂的本領。貪圖口腹之慾，在「原教義」派看來，也是一種罪惡，但耶穌顯神跡給門徒果腹的食物中有魚，想吃魚不是壞事。石斑之類上品若能薑葱蒸之，不亦快哉！

善人走完了人生路途上天國，會幸福到什麼程度？而天國的幸福，會不會是塵世快樂的延續？譬如說，可繼續享用濁酒濃煙而不必擔心得肺癌胃病。

在暴政下受過肉體折磨、精神虐待、而又活下來的人，不必太富想像力，也可推想到沈淪地獄之苦是什麼回事。最難測摸的，是天國生活的情調。英儒劉易士（C.D Lewis）在四十年以俗家弟子身分寫了不少「有神論」這類文章。他勾描過基督教理想國的藍圖，也說過神跡，但從未敢越份偷窺天國。大儒也是凡夫俗子。

天國究竟是什麼一個世界？不思量猶可，一思量便問題多多。

前面說過，我幼年在天主教教會學校就讀，也受過洗。記得受洗後曾急功近利的去問神父：天堂有什麼好玩？神父肅容曰：「孩子，天堂的快樂，不是好玩，而是能夠常常親近耶穌。這是無比的幸福。」

站在神職界的立場來看，這話一點也沒有錯。不愛上帝，何必作這麼大的犧牲去做神父？

魯迅小說〈祝福〉中的祥林嫂，關心的是人死後能否與家人重聚。不同的是她心目中會面的地方不是天堂，而是地獄。

天堂也好、地獄也好，於祥林嫂而言，能親其所親，就是幸福。

「親其所親」是關鍵話。天國是仙境，只合仁人君子居留。但好人不一定可愛。不說別的，語言無味的人就不好受。記得馬克吐溫說過，若天國的族類是亨利・詹姆斯輩，他寧到地獄受苦。話說得刻薄，不過由此可見，天國中人，雖然個個慈眉善目，智能、趣味總有高低之別。聊起天來，話不投機吵起來，怎麼辦？

有關天國的聯想，一不小心，遂墮魔障。山盟海誓的戀人，若想愛情在天國延續（假定天國還准許人間煙火愛情存在的話），最好是同年同日死。林黛玉魂歸離恨天時，綺年玉貌。到了天國容顏不朽，青春長駐。當了和尚的寶玉，不知何時圓寂。就說「七十從心所欲」吧，在天國和黛玉見面時，白髮映紅顏，回想當年，豈是唏噓二字了得？當然，寶玉早已修得禪心如枯木，那會計較自己形象？

依莉莎白・泰萊將來進天國，不知以何種面貌對群眾。天姿國色時代的玉女呢？還是今天的「玉婆」？天國制度要盡善盡美的話，應該允許人家選擇自己認為最風光的年份，然後「再生」入仙境。我一向認為，「天長地久有時盡」是好事。永恆實在可怕。幸福和快樂如果是遙遙無盡期，那就難顯得珍貴。溽暑牛飲冰凍啤酒，不亦快哉，此物不知天國有售否，勸君多盡一杯！

自我感覺良好

人為什麼要活著？或者：人生所為何來？

諸如此類的問題，神職界和哲學家的著作，自有解答。只是空靈高蹈的理論、浩繁的卷帙，一來凡夫俗子未必能消受，二來學說終歸是學說，一家之言，了不起也僅是一得之見，豈能放諸四海而皆準。

李澤厚近作〈為什麼活：個人主體性〉，為人活著的動機勾出一些眉目：「有人為上帝活、有人為子孫活、有人為民族、國家、他人活，有人為自己的名譽、利益、地位活，有人為金錢活，有人為活而活，有人無所謂為什麼活而活……。」

這種動機說，不絕如縷，大可隨意增添。古時的人生價值，比較黑白分明，因此人生意義云乎哉，不必整日踟躕，痛苦思索。六朝志怪小說所記的眉尺間，自從母親得知父親死因，自己的性命，就不再屬於自己的了。「父仇不共戴天」。父仇不報，天下再無他立足之地。《唐書》忠義傳的吳保安，忍心棄妻絕子，自己節衣縮食十年，為的就是報一位從未謀面的朋友知遇之隆。

諸葛武侯鞠躬盡瘁，為的也是報知遇之隆。今生報不了，下輩子還要含環結草。諸葛亮倒沒這麼說過，這僅是從大義作引申而已。

在領袖、主義、國家、責任、榮譽一絲不苟的社會中，只要你相信這一套，生活不一定幸福，但絕不會迷茫。雷鋒活得這麼結實，正是這原因。

近聞臺灣海軍陸戰隊烏坵守備區指揮官李鎧呑槍自殺消息。死因據說正由官方研究中，但國防部副部長趙知遠在立法院答覆質詢時所說的話，的確耐人尋味：

軍人不清楚為誰而戰，這是非常危險的。

不知為誰而戰，就是過河卒迷失了方向，敵我不分。人生再無「大義」指引，痛苦可想而知。

李澤厚勾出了人活著動機的眉目後，補充說：

> 所有這些，也都有某種理論來說明、論證。有的遮遮掩掩，有的直截了當。但所有這些又都不能解決什麼問題。究竟人為什麼活，仍然需要自己去尋找、去發現、去決定。

看嘛，李澤厚治哲學，集中西古今於一爐，最後還是把球擲回來，要我們自求多福。思索人生問題這種習慣，是衣食足後才能培養出來的好奇心。人餓著，除了求一飽外，生命再無其他意義。溫飽後，活著的層次也高了。於是有偷窺天國的衝動。如果結論是宇宙有神的話，其人有福了。塵世既然是涕泣之谷，一切成敗利害，何必計較，反正此生只為來世鋪路，一切往前看就是。

宗教信仰，也是大義。義無反顧，全身投入。香港生活緊張，舉世無出其右，連天真無邪的學童，也忙得神經兮兮，臉上難得看見笑容。來港半年，記得對我笑得最溫柔、言談最彬彬有禮的，是一位的士司機。我受寵若驚之餘，舉頭一望，呀，怪不得，駕駛盤上端，不是懸掛著聖母瑪琍亞的瓷像麼?

以科學或純理性的思考去尋思人生的謎，永遠難有答案。人比上帝，何止渺小，簡直不算東西。天數就是天數，能用超級電腦算出來，就不是天數。集數學、物理、哲學等專長於一身的法國大儒帕斯卡（Blaise Pascal, 1623-1662），在其著作《沈思錄》（*Pensée* ）就慨嘆過，人生最難忍受的寂寞，莫如上帝亙古綿延的緘默。帕斯卡空有一肚子學問，想法未免天真。試想要是上帝天天在雲間露面，像爹娘叮嚀子女那麼囉嗦一番，世間再往那裡去找壞人？沒有壞人，英雄救美怎麼演出？上帝露了面，天堂地獄之說，當然是玩真的。於是，人人向善。壞人絕跡後，好人無用武之地，也是怪寂寞的。

所以嘛，人生還是謎一樣的好。

活著，當然要找些意義。「自我感覺良好」一語，就是看葉兆言小說學來的，不知是否因襲而來，還是他獨創的新意。總之，頗有味道。翻譯成英文，想是a sense of well being。此英文片語，曾見於某名牌香水廣告，一玉女把嬌軀弄得香噴噴後，然後閉目養神，作自我陶醉狀。

自我陶醉，當然是自我感覺良好的一種心理狀態。人生意義，處於大義蕩然、價值觀念千變萬化的今天，不妨以積小成多、「分期付款」的折衷辦法求之。譬如說，地鐵擠擁時刻，看到老弱傷殘上車，餘子旁若無人，只有你不忍，慷慨讓座。此童子軍式的善舉，不足以上天國，但只要讓自己「感覺良好」，也有意義。這種善行，積聚多了，可俯仰無愧於天地。只要不厭世，人生在溫飽之餘可俯拾皆是的樂趣，名目繁多，不能盡錄。迷上音樂或僅是音響的「發燒友」，一開鍵鈕，自然就感覺良好。「發奮忘食，樂以忘憂，不知老之將至」，看來孔聖人也是一名發燒友。

能有東西令自己發燒，不論精神的或物質的，這種人有福了。醫者父母心，誰向他們求教，必言煙酒之害。醫生真是沒有幽默感的族類，他們不明白，人是否活得充實，不可以壽之長短論之。走筆至此，想起旅館斗室冰凍三日的馬丁尼，雖還有兩三小時始得沾唇，已覺陣陣涼氣沁人，開始感覺良好起來。

醫者之言，慎不可聽。

情人老去

要從文字去觀察各時代風氣與民心之轉變，文學作品是不可或缺的資料。韓憑夫妻與梁祝姻緣那種海誓山盟的承諾，不因天下負心人而失去其沈潛的正面意義。生死相守、白頭偕老，夠不夠得到是一回事，但我們傳統文化許多理念架構，就是靠神話與傳說滋養。女媧補天、精衛填海，喻意深遠，其記懷一個民族淑世精神的象徵意義，相當於希臘神話盜火救人的普羅米修斯。

神話與傳說已失凝聚力的今天，「願生生世世為君婦」的癡念，因來生之說，渺不可考，慣作纏綿悱惻之言的作家也不敢輕易套用。臺灣政治大學教授秦夢群近有七夕「感言」，說中國人真「幸運」，一年可以歡度一中一西兩個情人節。

就時髦青年而言，華倫天奴的「象徵」意義，想比牛郎織女近身貼切。最少華某是名牌衣服的標記。要在西洋節日向情人示愛，渠道多多。卡片之外，還有各式各樣印有朵朵紅心的現成精美禮物。

不論授受兩方動的是真情或假意，情人節與天河會意境截然不同，無非是所有的西洋節日與已淪為消費工業「造勢」推銷的藉口。七夕江河冷落，就是沒人給牛郎織女造勢。

秦教授冷眼旁觀，也認為「這種趨勢並非偶然，它代表了九十年代情人間心態的轉變。比較起來，西洋情人節熱烈且直接，七夕卻含蓄而淒美。」

端的淒美得哀感動人。執手相看，無語凝咽。情之為物，一說成俗，可是只有「先民」才可臻此善境，蓋按秦夢群一文所言，「傳統習俗在七夕之日製造湯圓，並在湯圓邊捏陷一角，以便盛裝織女之淚水。」

秦教授說得好：

> 此種纖細的情意，在如今講究鮮花糖果，甚至美鑽名飾的年代，似已失去其吸引力，大家都這麼忙，誰還有空去管織女流不流淚？

今人七夕如想到吃湯圓，已是難得的有心人，但超級市場買來的貨色，哪有在邊上「捏陷一角」那麼設想周到的？思古之幽情禁不起時間考驗，正因生活於現代社會，難得有閒情可言。

以此意識而言，如果我們以「人心不古」感慨世風日下，那是食古不化，犯了時代錯誤。「人心不古」是成語。成語、格言之類能夠流傳下來，因為我們習慣上把某些說法，看作金科玉律。當然，今之視昔，許多前人的想法，早因日新月異的科技殺了風景。太空人登陸月球後，打斷了我們對嫦娥和月下老人美麗的聯想。牛郎織女？早已下凡間做勞動人民了。

以「時代錯誤」（anachronism）的角度審視古人「格物致知」的心得，今天看來不倫不類者，犖犖有二。一是違反「科學」常識。就說「狼心狗肺」、「鐵石心腸」和「人面獸心」這種罵人忘恩負義、心狠手辣、口蜜腹劍的習用語吧，在醫學發達的今天，人體各種器官可以像汽車零件那麼隨意移植或以人造機器取代，這類狠毒的話，已失去原來的殺傷力。如果移植的器官是「羊心豬肺」，惡人也變了好人，還罵得出口？

「狗娘養的」也相當狠毒，但一來未聞有母狗領養孤兒掌故，二來此說可能是舶來品，因此未收入《中華成語大辭典》。「食肉者鄙」也不合世情。今天有資格「魚肉人民」的權貴之士，都懂攝生之術，聽醫生吩咐多吃水果蔬菜，如果積習難改，無肉不歡，下箸的也是生猛海鮮。

與時代脫節得最徹底的，自然是「婦人之見」、「婦人之仁」、「三姑六婆」這類目中無女人的口頭禪。

三姑六婆，如果不是有辭典參考，她們的身世，一時也無法辨識。所謂三姑，原來就是尼姑、道姑、卦姑。尼姑、道姑現代的稱謂是法師。今天辦學校、建醫院、積極投入社會各項慈善事業的，就是此「二姑」。讀者千祈明察，她們不是在《紅樓夢》出現的那種馬道婆。六婆指牙婆、媒婆、師婆（女巫）、虔婆（鴇母）、藥婆、穩婆（接生婆）。

這六種農業社會時代的職業，有些早被淘汰，有些為大男人取而代之。今天的醫學士，如是男身，就是「穩佬」。牙婆也稱牙嫂，古時之人口販子。逼良為娼，是她們的看家本領。任何社會，有牙婆必有「牙佬」助「婆」為虐。由此觀之，作此成語「俑」者，把人間的壞事一古腦兒推到三姑六婆身上，有失公允。

中國人說話，好引經據典。讀書人如是，「市井之徒」亦不例外。這種習慣，從文章作法的規矩看，有其負面。成語是約定俗成的觀念，因此一篇文章成語出現的次數愈多，愈易看出作者懶於自成一家之言。套用成語而不加括號，就是腦袋已失明辨是非的能力，對前人說法，一律按單全收。

嫁雞隨雞？真是妙想天開。

代溝之形成，固因年齡之懸殊，但更重要的是教育背景之差異。對老一輩人說來，華倫天奴是個不倫不類的代號。只有牛郎織女才能激發思古之幽情，一如「嫦娥應悔偷靈藥」之引人遐思。

天河上的金童玉女風光不再，情人老去。

他生未卜

從「他生未卜此生休」一句取題目，自有悲從中來之痛。說來其實也沒有什麼大不了的事。悲的是，到了今天這一大把年紀，始漸明真相。那就是，自己苦修了大半輩子的英文，程度不足以言中譯英。

英譯中國文學，早在六〇年代就有第一次經驗。那是夏志清先生派我的差事，譯郁達夫的〈沈淪〉和丁玲的〈莎菲女士的日記〉。如果當年稍有自知之明，理應婉拒。但那時博士新科，不知天高地厚，既蒙前輩錯愛，乃欣然從命。

郁達夫和丁玲的文字，並不磨人。如果翻譯僅是兩種文字的更替，那麼「吃過了飯沒有？」還不簡單，Have you eaten不就是了？拿這標準看，那麼當年的習作，也不算太丟人。舉一反三，「慢用！慢用！」譯成Please eat slowly也無大過。

沒有翻譯的經驗，不知母語之可貴。母語倒非一定從母親學來。歐洲一些世家子弟，牙牙學語時跟外國保姆長大，日後可派上用場的，除了母語，還有「姆語」。俄裔美國小說家納巴科夫（Vladimir Nabakov）是顯例。

床邊故事——父母或保姆在孩子睡前給他們念的童話或唱的童謠，是創作和翻譯語言最原始的養分。翻譯小說對白，更不能閉門造車。國人見面以「吃過了飯沒有」問好，並非純然是口腔文化本能反應。據在鄉下長大的一位同事所言，這是「日出而作」農業社會勞動人民清早見面時打招呼的規矩，因為農忙時分，天還未亮，大家可能滴水也不沾就趕到田間幹活。

「吃過飯了沒有？」如要翻譯，要嘛是落註，要嘛是文化「解構」：設想「洋人」在相同的情況下，會說些什麼話？

要把中文翻譯出來，聽來還像人話，讀破萬卷詩書也未必濟事。英語世界個別階層和年紀的人，說話自有一套。中國社會亦如是。蕭紅小說〈手〉，王亞明的父親是個「老粗」。他第一次探訪女兒時，說：「媽的，吃胖了，這裡吃的比自家吃的好，是不是？……」

這幾句話，國人大學程度的英文也可以翻譯出來，問題是效果像不像「老粗」說的話。且看葛浩文的英譯：I'll be damned, you've put on a few pounds. The chow here must be better'n it is at home, ain't that right?

像put a few pounds和chow這種口語，不是我這種慣用bookish English，或所謂「學院派英文」的書生隨便說得出來。

當年譯郁達夫和丁玲，沒在意翻譯小說人物對白，要務求恰如其分。不過即使注意到，力也不逮。

我少年失學，中學程度的英文，只念了一年，而且還是每天上課兩小時的補習班。可幸遇上好老師。記得他除了要我們每周交上一篇作文外，還附帶一別開生面的功課：用自己的文字和語法「改寫」一篇他指定的文章。所謂改寫，不外是把主動語態改成被動、單句變複句等等。

原文是Rain or shine, I'll see you tomorrow，我們大概「改寫」成Nothing will stop me from seeing you tomorrow 之類的句子吧。

老師的用意簡單不過：一樣情景，可有多種說法。小孩哭了，口水鼻涕。美人垂淚，雨帶梨花。這些例子，不勝枚舉。英文造詣未到可玩弄文字於股掌之間、可文過飾非而聽者動容，從事翻譯，難見神來之筆。

「屢戰屢敗」是從實招來，「屢敗屢戰」是文過飾非。

文章一病，是陳腔濫調。對用外語寫作的人說來，這是知易行難。我們學英文，都是一板一眼的，視文法和成語這類參考書如金科玉律。人家怎麼說，只好千依百順，那敢越雷池半步？余光中有「天空很希臘」的說法，識者知為險句，雖不守繩規，但文章欲去陳腔濫調之病，偶然頑皮一下，亦得風流。

我自拿了學位後，用英文寫作，前後也快三十年了。為了不想在文字上多出紕漏，下筆前總唸唸有詞，「第三身、單數、現在式」加S。抱著這種心情寫文章，猶如拎著測雷器臨敵陣，步步為營，怕一不留神誤踏地雷。

寫文章為了怕犯文法錯誤而提心吊膽，還有什麼文采靈氣可言？語言沒有撒潑放刁的功力，內文不消說是用四平八穩的句子砌成。文人寫稿，真情流露時偶爾放浪形骸，也是君子一樂。

因寫英文而迫得收斂自己的野性，心有不甘。有一次交稿，故意在一個文字寫得方方正正的段落裡撒了一個野：the sky is very Greece，也可能是the skies are very Greece吧，反正野撒過後就不復記憶。

一如所料，編輯大人在原稿上打了三個問號，怪而問之曰：「典出何處？」

我不想陷朋友於不義，只好自背黑鍋，說自己環保意識太深，英文又不夠火候，才會產生這怪胎句子。既然你也看不懂，那請斧正吧。

「他生未卜此生休」！

母語是中文，從事英譯中，遇到像butter someone up或butter up to someone 這種說法，只要中文受過基本訓練，大可隨機應變，若嫌諂媚、奉承這類言詞過於死板，大可改作巴結、吹捧、拍馬屁。嘴巴不乾淨的，大概會說「舐誰的屁股」。如場面在香港，那就是「擦鞋」了。

英文的拍馬，除butter up外，同義詞也林林總總。但自己要是英語世界的化外之民，那一個時候用奉承、巴結、或舐屁股，不一定拿得準。

字典辭書能幫忙的，畢竟有限。多年前看過一篇論美國小說家福克納的文章，其中一句話，畢生難忘：killed by the bottle，「被瓶子殺了」。

看上文下義，這瓶子指酒瓶，也就是說福克納酗酒而死。

上面提過補習班老師要學生「改寫」文章的事。如果今天老師要我說出「他酗酒而死」的各種說法，我能用的板斧也有限。

要嘛是：He drank himself to death。

或是：He died from excessive drinking。要看「學院派」英文真面目，此是一例。

或是：He drank too much. He died。

每下愈況的例子還有，適可而止吧。

Killed by the bottle 的說法，是否最傳神？沒有上文下義陪襯，很難下判斷。我舉此例，只為了一個原因：說一個人酗酒而死，如此推陳出新，這是我今生今世夠不到的。

「他生未卜此生休」，就是認了命。

在美國大學用英文授中國文學、翻譯研究，不是一種選擇，而是天天迫到眼前來的現實。自「認命」後，中譯英差事，再不敢造次。但編輯工作，不得不勉力為之。「老外」英文再好，中文悟力稍有差池，貽笑大方。近有後生小子，一不小心，把搏虎英雄馮婦一分為二，「重作馮婦」因此譯為She decided to marry Feng once again。依他推想，此女舊情復熾，回心轉意，再度下嫁薄倖郎為妻。

古人命名也真出人意表，既善搏虎，必是鬚眉大男人，名字偏取馮婦。不過話說回來，他可能是中國史上第一個feminist。

是耶非耶，不必深究。我「認命」後還能繼續在翻譯上做這種「撥亂反正」的工作，於願已足。

農年的滋味

要識盡年節滋味，得因人、因地、因時制宜。多年前因公赴馬來西亞，適逢聖誕前一周，下榻的旅館門廳擺設，銀光閃閃。應時的音樂，輪番播送，不在話下。

我穿著短袖襯衣坐在冷氣開放的咖啡廳，啖著冰凍的虎牌啤酒等朋友。樂聲悠揚，飄著 dashing through the snow 的情意，可不知怎的，沒頭沒腦的竟然想起「菱花空對雪澌澌」的隱喻來。過後自我心理分析，無他，在亞熱帶的回教國家慶祝聖誕，總有點不倫不類。

菲律賓儘管整年溽暑迫人，但究竟是天主教國家，慶祝聖誕，不致予人錯入廟堂亂拜祖先的滑稽感。

如果我們把出現於「第三世界」的聖誕商業氣氛，視為百年來歐美「帝國主義」文化與經濟侵略的成果，那麼農年的情趣，只堪國人消受。以前天朝盛世，吾國風土文物，日本、韓國和越南這些國家，自然樂於「進口」。今非昔比，不是壞事，最少我們再不用背帝國主義的罪名。

但今天的炎黃子孫，除非是農家，也不見得能識盡農年滋味。「年者，禾熟之名，每歲一熟，故以為歲名。」這麼一個定義，今天也拿不準，因為農業起了革命，某些地區一年二三熟也不為奇。時下五穀不分的臺北人、香港人，要知何時佳節近，還是看農曆比較可靠。

舊時農業社會迎新年，孩子的新衣服，多是慈母手中線密密縫出來的。他們拿的壓歲錢和紅包，自知意義不尋常，因為一年只有這麼一次。隨著社會的「現代化」，這些風俗，名存實亡。出於「機會成本」的考慮，孩子要的新衣服，當然要買現成的。壓歲錢、紅包，成了他們的額外收入，再不是解倒懸之困的及時雨了。

當然，這些孩子總得生於大都市的小康之家。在城市也好、農村也好，一般清貧子弟大概還是一年一度才有新衣服和零用錢的。

年的氣象，的確日漸為都市生活消解。在四代同堂的舊社會，妯娌姻親平日儘管各懷鬼胎，年夜初一大家見面，少不了裝得一面祥和。我想機關同事的團拜和生意人的春茗，都同是農節迎新送舊精神之實踐，正如聖誕節感召基督徒共沐聖恩、既往不咎的道理一樣。

可是舊時的大家庭，今日各成核心。要吵架，說不定得掛長途電話。往日親戚朋友互相拜年、派紅包的習慣，已為坐飛機揚長而去的「避年」風氣取代。

開年習俗大放鞭炮，用以辟邪。聽說出於環保考慮，在大陸某些地區禁了。以後老百姓要炮竹一聲除舊歲，只好以摩登電子聲帶充數。

我遠在美國威州麥城說農年滋味，自覺也有點「菱花空對雪澌澌」的荒謬。人、地、時，無一對勁，對此喜慶節日的感受，難受情緒影響。可告慰的是，急景殘年後又是新的一頁，而對迎春接福的準備，陰曆年比陽曆年快跑了好多步。

年卡猛於虎

王蒙先生最近應邀到臺灣開會，最令我聽得下去的話，套用我自己的一本書名，是這位前中共文化部長居然也提倡「靈魂按摩」之學。輕鬆點嘛、幽默點嘛、觸自己的癢處、觸人家的癢處。「生年不滿百，常懷千歲憂」，靈魂不時加按摩，怎活得下去？

得此貴人鼓勵，理應響應一番。

恰巧這是文明社會互贈賀年卡的關頭，正好以此作題。

賀年卡不是討債信，也不是催命符，但每年這個時日，一而再、再而三的收到甲乙丙丁寄來的鞠躬拜年卡片，對日理萬機的社會賢達說來，確是心理負擔。置之不理，於禮有失。既然這是文明社會的玩意，自己又是賢達，更應為表率。

賀年卡猛於虎也之說，於公卿輩言之，一點也沒有誇張。

日理萬機的人有多種，抽樣說吧。

一是大機構的董事長。此輩的書寫工具，多為萬寶路或卡迪亞金筆，一肚子都是墨水，但時者金也，連簽支票也忙不過來，那有時間在回報甲乙丙丁的卡片上親筆致意？他們發出的賀年卡，因此多為祕書代勞。卡片式樣精美，賀詞好話盡說，唯一付之闕如的，就是董事長的墨寶。

或問，既有祕書代勞，何不代擬其筆跡落款？這不成，代勞簽名，雖然筆跡可以亂真，事實等於偽造文書。董事長知法不能犯法。

明乎此，則甲乙丙丁應該知足。每年收到一張沒有上款的「新春大吉，萬事如意」的卡片，就表示大人先生或女士心中沒有忘記你。卡片上雖沒有你的大號，但信封有你的名字地址，錯不了。

為了省能源，這類沒落上款的賀年卡，大有剩餘價值：可以奉還對方明年再用。

下一個大忙人的樣本，可取作家。作家以字計酬，因此不能不斤斤計較。

這類朋友看到你的賀年卡，會視為擾民惡例。作家未登龍門，要煮字療飢，當務之急是多爬格子。這還不說，年近歲晚，迫於形勢，更要努力增產。為什麼？年關一到，印刷房的技術人員要「收爐」賀歲，或出外旅行，或與親密戰友，東南西北中發白取樂去了。

筆耕者無爐可收，聽從編輯吩咐，以一天作兩天的工作率，奮力而爬，以應付專欄如期發稿。這種朋友，不去「擾」他，已功德無量。

登了龍門的作家，身價十倍，稿酬或有以天文數字計算的，因為一字可抵別家千百，這類天之驕子，理論上應有時間親筆題上下款的。但問題也出在他們「一字千金」的身價。試想：閣下大名歐陽無忌，作家是諸葛千歲，上下款還要客氣的兄兄弟弟一番，再加上鞠躬，以機會成本眼光看，一下子就損失萬金。

這還不止呢，若府上卜居臺北，哎呀，什麼段、巷、里、弄、幾號之幾、某樓之AB，等等。

上下款加上地址，一一工筆書好，幾瓶陳年拿破崙干邑不見了。

給這類朋友寄賀年卡，是「破」人家之鉅財。他們少收一張卡片，就增加一分收入。他們惜墨如金。

再抽一個樣吧。

做編輯的朋友，若無爬格子的陋習，應該有時間溫暖人間，除了親落上下款外，說不定還會人情味的附言說：「年近歲末，時念清輝；因風致意，不盡欲言。」

這是天真的想法。看官有所不知，同是在文字打滾的人，誰識編輯苦？各位每天看報、捧誦之餘，覺得各家文章極為可觀，流水行雲、金風玉露，是不是？

非也、非也。你看不到的「汝家嚴、余令尊、吾之夫人、子之拙荊」諸如此類的後現代中文句子，都經編輯先生女士一一斧正過了。真的這麼可怕？信不信由你。後現代的淺識，就是百無禁忌，古今不分。本此，「衣帶漸寬終不悔」，可註疏為啤酒喝多了，肚皮鬆了，但絕不後悔。

肚皮鬆了為什麼會下垂？無他，地心吸引力作的怪。這是天意，也沒奈何。

編輯每天看的來稿中，若有這類滿紙荒唐直言無悔之作，文字沙石鋪平後，靈魂兒馬殺其雞，還有幾分舒服。怕的是來稿的仁人君子中，有數理化成績平平，念不了工科，立志獻身做人類靈魂工程師的，開口文章經國，閉口落實政策。

八股文章看多了，容易染上編輯的職業病：文字冷感症。此病到沈疴階段時，藥石無靈，看到文字就如驚弓之鳥。

這種朋友，我們應以痌瘝在抱之心看待之。他們水深火熱，不必寄賀年卡增加他們的心理負擔了。

「烽火連三月，家書抵萬金」。家書或賀年卡，彌足珍貴，不光因烽火，而是杜甫所處的那個時代。音訊要靠魚雁來相通，急死人了。在飛機未取代海陸運輸工具前，誰收到賀年卡，相信都會捧誦一時的。交通不便，朋友見面艱難，寄一張卡片，不會光是為了存古風那麼簡單。真有話要說時，除卡片那些八股外，還會另加一頁。

還可不可以再「抽樣」？當然可以，但該住手了，不然下一年連一張八股賀年卡都收不到。

夏蟲語冰

夏蟲語冰，典出《莊子》，意謂：

夏天出現的昆蟲，冬天來到前早死了，它們根本沒有見過冰。同它們談論冰雪，等於對牛彈琴。

《中華成語大辭典》

我出生香港，大學四年在臺灣度過，如果下半輩子不是覓食於北美苦寒的威州，則余亦夏蟲也，不足語冰。

對牛彈琴的賓主地位是人獸之別，因此口胳顯得不屑。其實牛已夠苦命，何必以不識天籟罪之？

夏蟲語冰無階級之別，不涉及價值判斷，只是一個因環境不同、溝通無望的感慨衍生出來的譬喻而已。

廣義言之，夏蟲語冰說的是現代人落寞蒼涼的心境。從四五十歲的父母眼光看，這一兩代的孩子沒有幾個不是「夏蟲」。憂患意識？什麼憂患意識！不是饑荒時期，何必學劉恆（〈狗日的糧食〉）和蘇童（〈米〉）小說的人物一樣，把飯碗舐得乾乾淨淨？

今天的遊子，出外穿的是名牌，慈母手中線縫出來的，那能比風光？

「少壯不努力，老大徒傷悲」這類庭訓，早為泰西借奉的「個人主義」價值取代。身體髮膚，是我的。自己的前途，自己主宰。誰管得著？說得實在一點不錯。這個時代還講究什麼格言庭訓，迂得可以。

夏蟲語冰另有境界。

美國人墮胎與反墮胎兩個陣營，勢成水火，毫無轉圜餘地。雖然口口聲聲尊重生命的人常常自相矛盾，動刀槍去殺人。這些「維生」派的激烈分子，大概生平足跡未涉赤貧而人口稠密的國家。他們對生命的了解，不是從宗教就是理論得來，跟他們講人命不如狗的實況，無疑是夏蟲語冰。

除非他們將來有機會親自領略因貧窮落後而導致的雖生猶死痛苦經驗，他們絕不會認識到在某些地區，墮胎雖屬下策，但環境迫人，也是無可奈何的事。

記得英國小說家維珍妮亞・吳爾夫說過，把悲憫之心發為行動，可有不同的形式。閱報或聽新聞知甲地有天災，某君說不定會馬上寄出支票、或打電話到慈善機構認捐賑災。值得我們深思的是，某君晚上散步回來，看到家門外躺著怎樣也趕不走的「災民」時，可能會毫不猶疑的報警抓人。

這設想跟夏蟲語冰無直接關係，但有觸類旁通的意義。只要討飯的不出現自己的階前，捐款賑災，是行善意念的完成，何樂不為？但災民一旦由抽象變成具體，所有人溺己溺的理論馬上受到考驗。同情同情，說話人不陷苦主相同的情景，情何以生？

把夏蟲語冰的境界再推而廣之，則溝通之難，何只父子兩代、墮胎與「維生」兩陣。我任教的大學，有樓高十八層的大廈。除最高一二層留作層峰人物辦公開會用，其餘是所有現代「外語」學系的辦公室與課室。你數得出來的外語，都在此佔一隅之地，因得巴別通天塔美譽。

在上課黃金時間擠電梯，別有一番滋味在心頭。真是七嘴八舌，各有懷抱，各說各話。人家說得口沫橫飛，自己聽來卻似陣陣噪音。但這正也是夏蟲語冰的另一寫照。

聽得懂的，也耳聽不實。前些日子聽到兩位比較文學系舊同事對話，其中一位說：「老是other人家，這習慣真不好。」

Other作形容詞、副詞、名詞、代名詞，字典有載，但作動詞用，卻未之聞也。後來查了些專門術語詞彙，始知此字淺釋近「劃分界線」一義，往深一層看，卻是理論界一門新學問。

又領略了一次夏蟲語冰的經驗。

《石頭記》裡英蓮命薄，劫數難逃，因有「菱花空對雪澌澌」之歎。以今天的解構眼光看來，這不過是夏蟲語冰萬古愁一例。不過文學的結構還是不多解為妙，多解了，自己熟悉的世界就在面前一一瓦解。李白、杜甫被解得赤條條，我們做讀者的將也不勝寒。

只有這些前輩不把我們看作夏蟲。吟之誦之，可以養命。

等待青蛙

——後設雜文先驗記

最近看了馬原等名家的後設小說，大開眼界，嘆為觀止。小說原來可以這麼寫，為何自己一直不知不覺？若二三十年前看了那個什麼博爾赫斯的，自己的東西準比今天的先鋒派先設，說不定早在中國現代文學史上爭了一席之地。

呵，這裡先得來個後設現身說法。在下正是那個叫二殘的嶺南人，生於游水海鮮之地。也寫過小說，也喜歡天馬行空，代表作有《半唐番居士雲遊記》（天山出版社）。可惜在下那時執筆為文，旨在廣結善緣，情節平平無財經波霸，怪不得今天新人類讀者棄如秋扇。

小說既無望在文學史踏出腳印，唯有亡羊補牢。在文學上別的類型布後設空檔，看看能否一鳴驚人。就拿散文來說吧，除了舉頭望明月，低頭懷念慈母手中線外，還有什麼註冊商標？對，散文之為散文，其訣在散，猶如雜文不雜得亂七八糟，名不副實的道理一樣。

但散、雜的章法，還是傳統，這種作品，不到九月天就成秋扇。只有後設、唯有後設，才能突出作者機杼。機杼？什麼機杼？這一問就難倒了那個自稱在下的作者二殘。二殘寫到這裡，想到一個基本的技術問題，那就是，馬原和札西達娃那一派的小說，敘事愛用第一人稱，你囉囉嗦嗦的二殘在下，還指望寫什麼後設散雜文什麼的。

要得，要得，那為了尋後設機杼，我只好不恥下問，搖電話到臺北找忘年交大頭春討教了。

「秋風秋雨愁煞人！」大頭春執起電話，不說喂喂或哈囉，就沒頭沒尾的長吁短嘆吟起詩來。不過說來臺北正是深秋時分了，秋山紅葉，老圃黃花，難怪這個年少老成的孩子這麼感慨。

我跟這位大頭世兄互道寒暄後，就向他問計：後設散雜文應用何種策略以制勝？

「殘伯伯，」大頭小子古風爛漫的稱呼著，隨後就老氣橫秋的說：「此事有何難哉！請稍候，我馬上到書房找『後設萬事通』替您分解。對了，您手頭有沒有紙筆？」

我唔呀一番。不久就聽到大頭春興匆匆的說：

「此書洋名叫*Everything You Want to Know about Meta*——您要寫後設雜文，我看……有了，以下的成份請殘伯伯留神抄下：後現代二錢；魔幻二錢；朦朧三錢；殘忍四錢；虛無二兩；白乾二兩；死亡十分；超現一錢五分；暴力三錢；淫亂三錢；意識流八分；卡夫卡三錢；氣功二分；犬儒七分；特異二分；入木三分；弗洛依德七分……配料共十七種，另加水仙花二兩一同煎服。」

「水仙花？」

「對，就是洋人叫Narcissus那玩藝。」

我恭而敬之的把後設雜文配方抄下來後，想到好久沒跟大頭世兄的爸媽聯絡了，乃問起他們的近況。

「他們很好，謝謝殘伯伯關心，不過最近兩老都忙得六親不認就是。」

「哦？趕稿子是不是？」

「對呀，我老爸趕寫『大頭爸戒煙記』，我老媽寫『大頭媽食譜』。裡面有一道菜，叫野味螞蟻上樹，乖乖，我老媽真的用螞蟻下鍋呢！好了，殘伯伯，我得跟您拜拜了。我和一馬子有約，她要我帶她去看我週記中提到那條良心狗。唉，端的是秋風秋雨愁煞人！」

我掛上電話後，想到今生能交到像大頭春這麼一位天才型的世兄，真是福氣。不說別的，他剛才越洋給我那條後設配方，服後準會獨步文壇。這麼想著，一下子就自我感覺良好起來。

（看官，「自我感覺良好」一語，採自葉兆言種的棗樹。我引用而不加括號，是希望閣下以互文目之。互文大概是洋人夾槓所謂Intertext吧，意謂江湖規矩有飯大家吃，何必分彼此？）。

到黑夜我想你沒辦法，什麼什麼真想不到你這麼下流。不不我不下流，這又是互文一例。這原是人家短篇小說的題目，內容非常干預生活的喲。你拉狗屎胡說八道人怎會拉狗屎，你不是那拉過狗屎的人又怎知道人不會拉狗屎。什麼是後現代精神你都嘸宰羊唔知道，該打屁股三百板。哎喲快亮出舌頭，或空蕩蕩意識流呵意識流真是樂趣無窮。

唔，不錯，後設靈藥還沒煎服，思路已漸有此傾斜（傾斜就是趨勢，Stupid）。

「寶玉，你……你……好……！」

任誰都知這是黛玉肝腸寸斷的呼喚，但究竟她欲言又止、未吐出來的心聲是什麼，後人無法猜度，因請得《石頭記》作者扶乩現身。答案出人意表：「區區也不知道。可移樽就教Derrida方家。」曹某顯然不懂後設之術，難怪毫無幽默可言。

後現代二錢、魔幻二錢……這些原料，要一一配搭起來也得費些張羅。水仙倒有現成的，張愛玲《金鎖記》不是說過麼，季澤水汪汪的眼睛含情默默得像盛放的水仙。七巧不領情，正好在後設處方派用場。

走筆至此，先前那種自我感覺良好的感覺，蕩然無存，代之而起的是危機意識。出了什麼亂子呢?你問。也沒有什麼了不起,我說。難為情的是寫了近兩千字,還未想到一個可以跟後設雜文拉上一點關係的題目。題目想不出,大可效法前人,以「無題」代之。但總是有點不甘。這麼一篇石破天驚的文章,那能沒有一個出奇制勝的題目配搭?認了吧,我對自己說,再打電話向世兄討教吧。他泡馬子泡了三四個鐘頭,該回家了吧?

「你就有始有終,成全我吧!」我涎著臉對這小四的學生說。有話則長,無話則短。大頭春不假思索的批下:「就叫『等待青蛙』好了。」

「等待青蛙?」

「嗯,不然叫等待田雞也不俗。」

等待青蛙也好、田雞也好,世兄的建議,令我佩服得五體投地。因決以「等待青蛙」題本文,與「等待果陀」互相輝映。

補遺:青蛙來了,可擇其肥美者而啖之。青蛙腿,名菜也。果陀是什麼東西,是否可下箸,待考。

文學命不該絕

身在大學教文科，談這個題目，頗有老王賣瓜之嫌。其實不然，文學就是文字。文學壽終正寢之說，最少就美國而言，由來已久。六〇年代初，學界老頑童菲德勒（Lesli A. Fielder）曾以《等待收拾攤子》（*Waiting for the End*）一題為書名，告別他認為孤芳自賞式的文學。前普林斯頓大學講座教授克恩南（Alvin Kernan），說話比菲德勒更直截了當，乾脆在其一九九〇年出版的書上宣布《文學的死亡》（*The Death of Literature*）。有關此書之內容與論點，我年前在〈文學的輓歌〉一文介紹過，不贅。

文學為什麼命不該絕？前面說過，因為廣義言之，文學不外是文字的組合。就此義言之，哪一種職業須依賴文字達意，文學就與其生計有關。文學苟延殘喘還有日子可過，真的斷了氣的話，大家都沒有好處。

需要文字作資訊、作媒介的行業，實在太多，不必細表。我文科出身，職業沒有多大的選擇餘地。但我早年曾發過「假如我有機會服務廣告行業」的奇想。也因此原因，平日對中英各式廣告的設計，特別留心。

六〇年代初的香港，煙商做的廣告，聲勢浩大。記得總督牌有此一句作招徠：「由頭到尾都咁好味。」

因時因地制宜，此句粵語廣告，神來之筆。用國語或普通話演出，「由頭到尾都這麼好味道」，意思相同，只惜語言囉嗦，氣勢嗒然。

此句舉重若輕，對吸煙只求過癮的老槍，比只求在包裝上下工夫的牌子，更有吸引力。舉重若輕，無非是一點中穴。這種功夫，聽來容易，但若「胸無點墨」，想得到，也說不出來。

廣告措詞，視假想的消費者趣味而決定雅俗。而雅俗本身，並不意味價值選擇，因為廣告就是廣告，措詞盡可千變萬化，目標只有一個，促使商品貨暢其流。

「由頭到尾都咁好味」，是香港各階層癮君子都會受用的語言。

高檔產品，為了投合「高檔」人士勢利心理，不妨走「雅」的路子。男性古龍水的廣告，我在美國看了多年，幾乎千篇一律。不外是：壯男一噴了某某牌子產品，美女就情不自禁，紛紛投懷。不但俗不可耐，而且違反常識。古龍水不是淫藥。

多年前我看過一篇有關古龍水考據的報導，據說正確的用途，不是噴在身上，而是「塗」在襯衣的袖口上。

此說如屬實，那在中文地區接辦此物的廣告商，大可別開生面，引「有暗香盈袖」一句配合圖片，自收古趣盎然之效。這個時代還有復古派？有的，「現代」走到盡頭，復古心態就會萌芽。後現代並不排除復古。幸好古詩古詞比好些現代派作品更接近群眾，可供古為今用，這也是文學命不該絕的理由之一。不妨再從廣告設計舉一例。

名貴女裝表，除了牌子，另外一個可以賣錢的配搭是珠光寶氣。曾見一白金鑲製的名表廣告，表面與鍊子嵌滿了亮晶的鑽石。產品本身已夠吸引，但名表應配美人。本此，圖片上應出現如花初綻的容顏，輕展玉臂，旁白有此一說：「皓腕凝霜雪。」

霜雪當然是影射寒光閃閃的鑽石。玉臂生寒，模特兒不妨搭配一雪白貂皮披肩，更能增加「擁起千堆雪」的浪漫氣氛，比光禿禿的把名表圖片刊登出來效果好多了。

「皓腕凝霜雪」語出韋莊，模特兒切忌用虎背熊腰、孔武有力的洋妞。要突出「爐邊人似月」的古典形象，我們有的是南朝金粉，不必外求。只要上鏡前節食一兩周，消費者看了圖文並茂的廣告，必起「願抱明月而長終」的衝動。

以上種種，無不與文學有關。如果人的大腦是「硬件」，那麼文學、藝術、歷史、哲學以及任何一種科技知識，都是「軟件」。文學之異於其他軟件，因為既能刺激想像力，又能藉文字之操縱去左右人的情感。

當然，在電視與音響愈來愈普及的今天，廣告商要傳播福音，對文字的倚重，相對減少。但「Things go better with Coke」（「可樂相隨，無往不利」）這調調，雖有音樂伴奏、有畫面配合，結論還是靠文字傳遞出來。

前些日子看到一則推銷某牌子手表的廣告畫面，披上戎裝的周潤發，端的雄姿英發，送行的女伴，千嬌百媚，此情此景，如無旁白，教人想到生離死別。

旁白為：「不在乎天長地久，只在乎曾經擁有。」好一個carpe diem（「人生得意須盡歡」）的演繹！這幅畫面、這兩句七言，跟計時的工具有什麼關係？或問：可口可樂這種飲料，跟「無往不利」有什麼風馬牛的關係？本來沒有。第一次聽來，會覺得強詞奪理。聽久了，說不定會信以為真。廣告之為用，就是對消費者長年累月的「潛移默化」。

文字之威力，無遠弗屆，何止限於廣告行業。「一滴汽油一滴血，十萬青年十萬軍」，我國抗日時期召得這麼多義勇軍，還不是年輕人受了這種文字的感召。沒有文字，百業不興，因此，文學命不該絕。

子孝為難

一九九四年十一月十四日國際版《時代周刊》封面專輯，雖以日本的「銀髮族」為對象，但因所涉問題，均為「開發國家」面對的普遍現象，值得香港和臺灣讀者注意。如果走資的開放路線不變，二三十年後的中國大陸，也會面臨類似的社會問題。

這些問題，我們都熟悉，但一朝不到眼前來，一天也不會覺得事態嚴重。譬如說，公司行政人員，剛知天命之年不久，就因制度關係，沒幾年就迫得榮休。如果專門技術人才不斷層，那麼長江後浪推前浪，世代交替，倒也正常。

今日本人引以為憂的是，老的一代，壽命愈來愈長（男人平均七十六，女人八十三。此為世界最高的平均壽命紀錄）。今天日本社會的中堅，多為二次大戰後成長起來的。這一代人，在「憶苦」的大環境中求學做人，不敢怠慢，使日本在二三十年間「超英趕美」。可惜他們站崗位的歲月，所剩無幾。

接棒子的一代，年紀愈輕，愈不似「日本人」。別的不說，他們向上司申請休假的要求，在老一輩聽來，形同造反。新一代在豐衣足食的環境長大，價值觀念與父母輩自不可同日語。所謂憂患意識，在他們聽來近於杞人憂天。

可是照目前情勢發展下去，天降大任的一代，正是這些在溫室培養出來的大孩子。根據《時代》提供的數字，今天的日本社會，每一個領養老金過活的公民，有六點一個受薪階級的稅款支持。到了二〇二五年，這比例會降至二點四。

公元二〇二五年後，比例是否還會相應減少？《時代》沒有預測，但看來這趨勢無可避免。大和民族「純種至上」的移民法似銅牆鐵壁，不會像美、加、澳等國這麼開放門戶接納新血，因此老吾老、幼吾幼的責任，全落在純種的日本人身上。二點四人養一人已吃不消，將來發展到二人養一人，怎受得了？這前景已夠可怕，更令新一代寒心的，莫如除了盡公民義務乖乖納稅外，還要奉侍父母享因醫學發達愈來愈長的天年。

人口的老化，使日本家庭結構起了革命性的變化。一九七五年，成員有六十五歲以上的家庭，有半數是三代同堂的。一九九三年的統計，數字減至百分之三十六。除了同堂的家庭日見減少外，還見「單身貴族」日有增加，或最少晚婚。

當然，這種家庭結構的變化，在西方人看來，沒有什麼值得大驚小怪的。令他們也詫異的，想是日本政府去年所做的調查報告。受訪的對象是十八至二十四歲的青年。只有百分之二十三的日本人表示不惜任何代價奉養雙親度晚年。

這個調查想是在日本本土舉行，因為對象除了日本人外，還包括歐、亞、美十一個國家的青年。最令人吃驚的是，對供養父母的責任感，以日本青年為最弱。相對而言，美國人最懂「孝道」。百分之六十三說，奉雙親終老，「義無反顧」。

是不是這一代的日本人比他國同輩較為鐵石心腸？《朝日新聞》專欄作家Yukiko Okuma有此解釋：「在家裡照顧老年人，是發展中國家的習慣。那兒的老人，活得不會那麼長久。」

發展中國家不就是第三世界？此種語言，容或有政治失當（politically incorrect）處，但話卻真的不含糊。長貧難顧。「多病故人疏」。

壽則多辱。

《時代》這特輯最令人神傷的，是孝子廣瀨的故事。廣瀨老母高齡八十一，自去年摔了一交斷了手臂後，即見神經失常。廣瀨自己已五十七歲，在一食品公司送貨。妻子比他年長，六十三歲，患了癡呆症。每天午飯時間，他從東京市區趕回郊區住所，服侍兩個女人吃飯。晚上下班回家，吃過飯後又得替她們洗澡、做家務。

患了精神病的母親有「離家出走」、漫步街頭的習慣。兒子好不容易找到她，要帶她回家，她通常還會極力反抗。去年勞動警方把她找到了，用計程車送她回家，不知怎的竟給她奪門溜了出來。廣瀨拖她回家時，一時憤怨難消，狠狠的向她的腿踢了幾下。

「我當時想，」廣瀨回憶說：「如果她的腿受了傷，最少有幾天她會躲在家裡。」老人受驚後，第二天早上就逝世了。廣瀨以殺人罪被控，緩刑三年，他備受良心譴責，不在話下。他一直反覆的問自己：「為什麼我被迫做出這種事來？」

他的辯護律師一語道破，這是把照顧老年精神病人的責任，一古腦兒推到家庭成員的結果。以此意識言之，廣瀨是受害人。

廣瀨的不幸，無疑是極端了一點，《時代》以他作例子，也許正為這原因。八一高齡的老母，即使神經不錯亂，也不易照顧，再加上六十三歲的太太也患癡呆症，真個禍不單行。值得注意的是廣瀨本人的年紀，五十七歲，也還是個背了傳統包袱的舊日本人。他的下一代是否會這麼恭順的犧牲自己？

《時代》專文的結尾，提到古時日本窮鄉僻壤的一個「風俗」，家人再無能力供養老年人時，就把他們送上山上，讓他們「自求多福」。這個沒有答案的答案，也明白不過。

我們現在怎樣做老師

本文題目自魯迅〈我們現在怎樣做父親〉衍生。此文於一九一九年十一月以唐俟筆名發表於《新青年》。他的觀點，即使在今天自命開通的人來說，大概也會覺得有點離經叛道。

「哀哀父母，生我劬勞」。人之異於禽獸，靠的就是這點認識。

但魯迅卻以「進化論」的理性角度看父子關係：

> 飲食的結果養活了自己，對於自己沒有恩；性交的結果，生出子女，對於子女當然也算不了恩。前前後後，都向生命的長途走去，僅有先後的不同，分不出誰受誰的恩典。

此文距今已七十餘年，中國社會結構歷經世變。如果父母子女間的關係，確如魯迅所言，僅是生物界的演進，那麼世間根本無所謂不孝子。生下來身體有先天缺陷的，更有其大的理由把自己視為父母「獸慾」的成品。不是他們一時的「衝動」，自己不會在世上受苦。

魯迅之言，今天看來，頗有王國維「可信者不可愛」況味。他的話不中聽，卻有幾分道理。在社會福利制度法定成為體系前，養兒防老是免陷晚景淒涼的唯一指望。望子女他日反哺，亦人之常情。魯迅論調，當日視為異端，無非因他觀點過於前瞻，不合當時社會架構。他視救救孩子為天職，乃因在他眼中，前輩同儕早成朽木，不可雕了：

> 沒有法，便只能光從覺醒的人開手，各自解放了自己的孩子。自己背著因襲的重擔，肩住了黑暗的閘門，放他們到寬闊光明的地方去，此後幸福的度日，合理的做人。

為人父母只講義務，不問權利，確是清風明月的慷慨襟懷。最少在這一方面而言，魯迅未受犬儒之害。

我是重讀魯迅的文章，突有所感，才想到我們今天怎樣當老師的。天、地、君、親、師這種倫常古義，早已物換星移。今天青少年的角色典範，於美國社會而言，早已由明星歌星包辦。風氣如此，大可把劉伶的留言改為「父母之言，慎不可聽」。在美國社會好為人師者，要選教學為職業，還是當幼稚園和低年級的小學老師為上。這種年齡的孩子，離獨立思想的日子尚遠。老師說的，都是真理。因此老師大可放心循循善誘，教導他們對人要有禮貌、要誠實，過馬路別闖紅燈等公民須知。他們不會反唇相譏。中學以後，做老師的說話應自知分寸。婚前性行為，除了愛滋的陰影外，還有許多風險。又如吸毒，其危害身心早有定案。老師要作育英才，在這種題目上開導學生，是責無旁貸的事。但今天美國的中學老師，如果正面討論這些社會問題，絕不會從道德層次入手。也就是說，他們不會以對或不對的二分法釐定婚前性關係和吸毒的禍害。他們只會把一大堆統計資料向學生鋪陳，猶如美國衛生署向吸煙族使出的殺手鐧手法一樣。吸煙之害，「汝曾被警告」了，你繼續視死如歸，我也沒有辦法。一上大學、研究院，老師的身份，與「情報販子」差不多。這當然不是說老師兼任特務、間諜，而是說他們僅以提供本行學問為職志。善惡是非問題，不是無關重要。他們考慮到的，是時間和地點是否適宜。越戰難解難分之際，美國語言學大家喬姆斯基（A.N.Chomsky）教授，選擇了報紙這傳媒去吐心中壘塊，而不是教室。學生選他的課，求的是語言學的新知，不是他個人對越戰的是非觀。

如果把教授以情報販子目之，那麼最恰如其份的，想是理工醫這類科目的專家。文史哲呢，在今天這個理論縱橫的時代，要聲音不帶個人情感，也有科學得很的「策略」可供運用。

不過，就我個人而言，這種逍遙物外的科學精神，知易行難。我小學六年級的國文讀物，有〈祭十二郎文〉和〈陳情表〉。記得老師搖首吟哦時，遇到某些段落，居然泣不成聲。我說「居然」，是因我們那個年紀念書，不求甚解。「臣無祖母，無以至今日；祖母無臣，無以終餘年」——這種悲情，日後始能體會。當年聽來實惘然。

時代變了，今天的老師淚腺再發達，諒也不好意思這麼全身投入，面對學生「臨風涕泣」，怕的是有損師道尊嚴。

魯迅一生，除賣文外，也做過老師。依古風，老師也是導師。想不到他對導師這角色，一樣有出人意表之見：

> 要前進的青年大抵想尋求一個導師。然而我敢說：他們將永遠尋不到。尋不到倒是運氣；自知的敬謝不敏，自許的果真識路麼？

這樣說來，他在堂上授課，準會避開是是非非的糾纏了？我看不會罷，橫眉冷語慣了，會忍不住口的。

我們今天怎麼當老師？這問題真的不簡單。就我個人經驗而言，講授的科目既是文學，不管怎麼客觀，難免夾雜個人情感和是非標準的評議。不說別的，就拿〈狂人日記〉和〈祝福〉為例罷。這些感性尖銳的作品，不用「吃人禮教」和「封建餘毒」這類字眼作概說，怎能套出魯迅小說的劃時代意義？

而為人師者一下這種判斷，就涉及是非黑白的道德層次。美國大學近年的新課程，有專門以討論猶太人在希特拉時代所受的劫難為主題者。Literature of the Holocaust，豈是情報販子單靠語碼和統計數字解釋得了的文學？

抹黑與護短

母語之為母語，無非是與生俱來。除了從小在歐洲小國如瑞士、荷蘭等地方受教育，一般人要學外語，都要下死工夫。國家面積愈大，愈易引起「普天之下莫非王土」的沙文思想。既無學習外語的實際需要，日子也就得過且過。

中國人學習的第一外語，都是為了適應生存所作的選擇。日治時代的臺灣，日語是「皇民教育」的基石。日文不好，永不超生。香港淪為殖民地後，治國平天下的重任，輪不到華人，但修身齊家，英文不可或缺。

在上述兩種歷史環境下成長的中國人，學習哪種外語，可說早成定數。

大陸「解放」後、中蘇蜜月期間，俄語取代英語而領過一陣子的風騷，亦是政治因素使然。

當年學習日文的臺灣人，諒不會預料到，日文修到登峰造極之境，可有直接閱讀紫式部《源氏物語》之樂趣。同樣，香港人唸英文，不是受了拜倫、雪萊的感召。大陸同胞當年跟「大鼻子」稱兄道弟，並非心儀於托爾斯泰所代表的俄國精神文明。如果上述的讀書人，日後因緣際會成了日本、英美，和俄國文學的專家，那純然是家國不幸造成的美麗意外。

我個人的英語教育，就是功利主義的產品。若非在香港出生，從小就認識到英文是謀生不可或缺的工具，單從語言的音樂性作取捨，在大學時或選了法國文學為主修。

早期的英美漢學家（姑從俗稱），其習漢文的因緣，雖非功利，但大部份也可說是歷史偶然的花果。傳教士東來，為了拯救異教徒的靈魂，不得不學中文，但如果起步太晚，中文修養難成正果。他們的子女，則不可同日而語。要是他們的童年在中國度過，大學時又決定主修中文，在這種文字的體會與接受能力，應比父執輩佔了先天條件的優勢。

這類漢學家，會不會對「吾土吾民」有特別深厚的情感？且容後分說。

二次大戰後出現的新生代漢學家中，有好些是行伍出身，他們在中國戰區過了一段時間，對中國風土文物發生了興趣，退伍後唸大學，有些人就是因為這關係與中國再拾前緣。

大陸易手後，傳的是另一種福音。西方教士無立足之地，移師他國，其後人要修的外語，應是另外一種文字。

當年的大兵漢學生，論年紀，應早已歸隱泉林了。阿兵哥也好、傳教士後人也好，他們習中文，可說是一種相生的因果。

晚近二三十年的漢學生，多無前輩這種歷史因緣。所謂漢學生，指的不盡然是準漢學家，而是一切在大學選修中文課程學生的通稱。中文既非家學淵源，又沒有在中國戰區打過滾，因此他們對象形文字的情感，不會像前輩那樣夾雜個人因素。

他們為什麼唸中文？這問題不會有周全的答案。拉丁文在今天美國大學，是冷門文字。我在威斯康辛大學一位同事，每學年總會循例在上第一課時發問卷，其中一題是：「拉丁文無實用價值，又比一般現代語言困難，你為什麼還要選修？」

據同事所言，每年的新生中，總會有一兩個回答說，正因拉丁文難得可以，這才唸得過癮。這正是冒死攀喜馬拉雅山頂峰「傻勁」精神的表現。

對英語為母語的學生來說，中文何止難纏，簡直是天書。以人數而論，今天選修中文的學生，遠比修拉丁文的佔多數。所為何來？

抱著打拚心情去接受天書挑戰的傻小子，當然有，但只是極少數。這種人日後或可成大器，是漢學家的候補人。餘子呢，說不定受了二十一世紀是亞太地區天下宣傳的感染，動機不會只為了個人興趣那麼單純。展望未來，無論政府衙門或商業機構，都需要中文人才。看前景，他們唸中文，就是一種投資，其心態與上述的臺灣人學日文或香港人習英文相彷彿，都是為了適應時代的需要而下的工夫。

新生代的漢學生，會不會因主修或選修科目的關係，會愛屋及烏，對中國和中國人產生特殊情感？這是一個不能越俎代庖的問題。而且，即使有答案，也絕對是限於個別例子。就常理說，學習一種語言，就是投入一種文化，日久生情，在所難免。臺灣光復，已近半世紀，老一輩臺灣人若對舊時「主子」尚有藕斷絲連的依戀，正是剪不斷、理還亂的情字作怪。香港人，諒也如此。「番書」讀通了，在英國也耽過了，自然明白此地殖民官的嘴臉，不足以代表他們「祖家」的面貌。鴉片戰爭的罪行，如果我們接受物競天擇、適者生存這種「天理」，只好認命。打輸了，人家比你強，還有什麼話好說？

同樣，漢學生如果深明事理，當不會把每一個中國人都看作是從醬缸跑出來的動物。或全民「口腔化」，看到鄰居的狗，就想抓來，製香肉。讀書還不明理，這世界就沒得救了。

漢學生對中華文物情有獨鍾，固然是好，要緊的是別因此而弄得意亂情迷。文革時替中共政權處處文過飾非者，就是這些枉讀詩書的「中國通」。護短與抹黑，同是情緒的偏頗，均不可取。

水至清則無魚

舊聞新鈔：

十月中新加坡《聯合早報》轉載了旅居德國的臺灣作家龍應台的一篇短文——〈還好我不是新加坡人〉，掀起軒然大波。一些新加坡人紛紛投函當地報章批評龍應台，這些文章中完全沒有支持她的論點。龍的文章似乎觸到新加坡敏感的神經，引起強烈的反應。

（《亞洲周刊》，十一月六日）

當年曾以〈中國人，你為什麼不生氣？〉一文驚動臺灣朝野的「女鬥士」，這回又在新加坡點起「野火」。原來〈還好我不是新加坡人〉的矛頭，指著到訪德國的新加坡外長賈古馬，說他發言時不應處處以亞洲代言人自居。

為什麼她慶幸自己不是新加坡人？因為：

即使給她再高的經濟成長、再好的治安、再效率十足的政府，她也不願放棄她一點點個人的自由與尊嚴。

愛國的新加坡公民看了龍文後，大動肝火，意中事耳。這塊原是英國殖民的土地，三十多年來因華人櫛風沐雨的經營，今天贏得亞洲公園之譽，殊非僥倖。身為黃種人，龍博士在人家意氣風發之時卻潑冷水，實在殺風景。

同期的《亞洲周刊》有龍應台專訪，她答客問中，有這麼關鍵性的幾句：

新加坡試圖和強勢西方文化作平等交流，值得鼓掌支持，可是前瞻少不了自省，開拓者更不可缺兼容並蓄的大胸懷。民族情緒，愛國激情，沒什麼用的。

看來龍應台質疑的，不是賈古馬說的話，而是他擺出的泛地區主義的姿態。她認為他可以以新加坡人的身份，「理直氣壯的教訓歐洲人」，但不應以亞洲代言人自居。所謂泛地區主義，是以地域和膚色把人類行為模式、價值系統和道德觀念「一把抓」，套圈圈。

把地球各族類，以洲名框之，當然籠統得以偏概全。單說歐洲人罷，東、南、西、北歐諸國，其歷史背景、文化傳統和宗教信仰，均不可同日而語。但這種界定，積習難改，雖然不科學，非洲人、亞洲人、美洲人、澳洲人等的稱謂，看樣子會因利乘便的沿用下去。經濟大國的日本，或羞與亞洲認同，但在外人看來，還是亞洲國家的一員。龍應台若因賈古馬以亞洲代言人自居而非議其身，實有點矯枉過正。但她言論的重點，似不在正名，而是價值系統的取捨。新加坡國泰民安、豐衣足食。近來更積極部署，放開基金管理，以期在九七後一舉取代香港，成為國際金融貿易中心。如果人生目標，只為增加銀行存款數字，那麼獅城前景，金光萬丈。

好個女鬥士，她偏不吃這一套。再引前言：

> 即使給她再高的經濟成長、再好的治安、再效率十足的政府，她也不願放棄她一點點之個人的自由與尊嚴。

這無可避免的涉及快樂和幸福的定義。獅城內閣資政李光耀，說話一向不含糊。他歷來的信念是，為了保證新加坡社會的安定繁榮，群體的利益，絕對應該放在個人的權利上。本此，不但販毒吸毒殺無赦，就連會女朋友前辟除口臭的恩物口香糖，也成禁品。青少年擾亂治安或損毀公器，打屁股。

這種種措施，是否過分了點？是非標準是相對的。如果要我在文革時的中國與今天的新加坡作一取捨，當然毫無考慮的選擇後者。獅城的政治氣候，禁絕惡聲，立言是無希望了，立命倒夠空間。嚼不到口香糖，不交女朋友就是。再說，毒販殺無赦，確是德政。

龍應台不願放棄個人自由與尊嚴，情懷浪漫得可以。在這方面，我和她「同病相憐」，都是被美國教育慣壞了。九一年我應聘新加坡大學，未到半年，就萌去志。想來我和龍應台女士這種動物，心態頗像赫胥黎小說《美麗的新世界》中的「野人」。在赫氏的反烏托邦中，不但饑餓、疾病這種種人類有史以來的大敵一一成了歷史名詞，連氣候的轉變，也受到科技控制。人的脾氣與情慾，也可由藥物調劑。

這端的是美麗的新世界，但浪漫成性的野人卻無法忍受。免於饑饉和疾病的代價是喪失意志的自由。他最後表態說，二者之間他寧可選擇饑餓、疾病和情慾折磨的痛苦，只要他有機會清清醒醒作出選擇的話。

「水至清則無魚，人至察則無徒」，按《中國典故大辭典》的解析：

是指水過於清澈，毫無雜質，以至連魚類賴以生活的物質都沒有，魚就不能生活。……人對於別人如果事不論巨細，一味細察苛求，就沒有人和他相處往來。

如果把魚譬作書生、文人，那麼賴以生存的物質，得有一些成份是雜質。一個誥戒連篇的社會，只有思無邪輩才能生存。不過，新加坡以商立國，有嗜痂（雜質）之癖的魚，既然不是社會中堅分子，多一條少一條也不會動搖國本。

龍應台族類可休矣。

聚族而居

聚族而居，是人類社會發展一個自然規律。游牧時代如此，今天如此。將來是否如此，倒難逆料。物以類聚，倒不一定要指壞人臭味相投。聚族是為了各種實際需要和方便。種族、膚色、語言、宗教信仰和經濟能力，大家相去不遠的話，同處一個地區，心理上總有一種安全感。是否真的能做到守望相助，那是另一回事了。

Ghetto一字，狹義言之，原是受歧視的猶太人居住的「特區」。今天此詞已廣義引申。為了避免洋文一再出現，我們不妨把ghetto視作淵藪。本此，則不但紐約市黑人聚散的哈林區是淵藪，北美各大都會的唐人街也是淵藪。

有色人種在白人社會聚族而居，有時因為別無選擇。英文即使是你母語、年薪上六位數字，可惜生來是老黑，房東就是不肯租售給你。在這方面，華人近年的處境好多了。只要你付得起房錢，大可拜別唐人街的特區而移居因房地產價格組合起來的另一個淵藪——中上層社會階級。銀行數字掛帥，種族膚色的考慮，反成次要。在這種地區若有閒雜人等出來搗亂，金髮碧眼也不管用，一樣引起敵愾同仇的公憤。階級決定一切。

由此可見在本文範圍，淵藪和特區不是貶詞，而是泛指各種族、各社會階層，因主客觀條件的需要，互相靠攏的現狀。

英、美、加、澳、紐西蘭等客居香港的白人，如果他們辦得到，相信會在港九擇地自建一住宅區。今天的香港，不同當年半殖民地的上海。他們這種劃地設藩的行動，諒不會引起「華人與狗」種種國恥的聯想。他們只是聚族而居，求個方便。唐人街與英語坊，時代背景不同，社會因素卻有若干共通之處。

英語坊果有其事的話，散居香港的英語族人，會不會一呼百應，躋身在這個自己建立起來的大集中營圍牆之內？依我看，「唔識聽、唔識講」的愚夫愚婦一定奮不顧身，但有識之士會多作保留。

有放眼天下的人才夠得上稱為有識之士。放眼天下，就不會目空一切。他們會認識到，未來的天下，不可能再為歐美勢力覆蓋。近親通婚，有違優生學原理。聚族而居，難免圈子愈劃愈窄，結果是精神上的「亂倫」。後世子孫，即使不是低能兒，也蠢蠢鈍鈍。這譬喻不倫不類，但道理是一樣的。英語坊的族群，若遺世獨立，來時對中國衣冠文物是文盲，離港時也是文盲。為了他們自己視野的拓展和子女的教育，如果有識之士捨特區不顧，應該是出於這種考慮。

中國人居香港，有沒有特區？有的，多得很，但只請說「文化特區」一節。過去幾年，我應香港某些大專院校之邀，出任校外考試委員。因個人興趣所在，對同學的語文修養，特別注意。翻譯卷中出現的歐化（其實是英化）句子，多不可數。但深知大勢已去，回天乏力，在呈交報告給校方時，只略為提及，沒有就此借題發揮。

說是大勢已去，一點沒有誇張。我們今天的語文，處於「後現代」的階段，再無什麼金科玉律的典範。大陸出版的刊物有大陸體，臺灣來的有臺灣體。如果讀的是北京來的《文學評論》，有些文章要看得懂，得有基本的英、法、德文修養。不諳外文，諒難測摸字裡行間的微文大義。

中國尚未統一，要「淨化」中文，談何容易。北京認可的，臺灣另有打算。因此我們的中文不但是後現代，簡直是處於無政府主義狀態。話雖這麼說，我身為校外考試委員，可不能毫無保留的採取安那其主義政策。亂中還是應該有序的。因此同學鴻文中若出現「我走先」，我只有不客氣作眉批曰：「應易次序為『我先走』，以符合普通話標準。」

香港的文字傳媒如報紙雜誌，銷路愈廣的，方言的氣味愈濃。為了市場的需要，這是別無選擇的事。香港社會，畢竟是操粵語的人佔絕大多數。一般在學青年，從早上背著書包上學去，到晚上打開電視，接觸到的，多是南音。如果他們有邊走邊聽耳機的習慣，聽的又是「我將個心畀你」之類的粵語流行曲，下筆時不受方言影響才怪。

我說香港文化，有特區現象，就是這個理由，前面提到淵藪的各種層次，為的就是建立這個「理論構架」。香港的文化特區，既是歷史積聚下來的現象，不必作價值判斷。再說，香港流行的廣東話，實有其妙不可言、難以取代的地方。因此，格調較高的副刊，一般作者還是習慣性的國粵語相映成趣。不略通粵語皮毛，無法欣賞某些「生猛」專欄的深層結構。

港式文化不是洪水猛獸，只是中國文化生態的一種變調。值得注意的倒是，這種文化一旦消失，香港再也不是香港了。為了躲避「亂倫」的後遺症，為人父母師長者，有責任告訴孩子，這個世界，山外有山，天外有天。應該鼓勵他們用功學普通話、多看大陸和臺灣出版的文學作品。學普通話不是為了迎接九七，讀文學作品不是準備將來賣文為生。這是為了大開眼界、為了免除近親婚姻造成的後果。

人生的際遇難料。你雖然不願離鄉別井，但為了工作需要，有時身不由主。而一離開香港，「我走先」就令人費解。

阿當的兩難

阿當自然是Adam，或作亞當，乃人類之始祖，伊夫（Eve）的愛人。伊夫或稱夏娃。

人生在世，兩難之局，幾無日無之。酒樓吃飯，魚與熊掌不可兼得，如何取捨，也是個考驗。

《列異傳》有〈談生〉一章，入志怪小說。該生年四十，家貧，尚未有妻，時誦《詩經》以遣悲懷。既為志怪之作，鬼神現身，亦尋常事耳。且說窮書生某夜讀經，忽有妙齡女子上門，「姿容服飾，天下無雙，來就生為夫婦」。

寒生何德何能，四十歲的年紀，偏有二八佳人看上他？此事不必深究。酸文人力雖不能搏雞，但大筆如椽，只要所言不犯王法，自可呼風喚雨。筆耕收入寒微，始終有人樂此不疲，亦是此因。女子自動獻身，只附一條件：「我與人不同，勿以火照我。三年之後，方可照。」

這要求有點怪異，但人家開宗明義表白「我與人不同」，談生自應心裡有數，作見怪不怪的心理準備。可他小不忍，亂了大謀：

> 為夫妻，生一兒，已二歲；不能忍。夜伺其寢後，盜照視之。其腰以上生肉如人，腰下但有枯骨。
>
> 婦覺，遂言曰：「君負我。我垂生矣——何不能忍一歲而竟相照也？」

談生背信，可與人類始祖失樂園之因由互相發明。

此君四十尚無婦，可想而知與功名無緣。要嗎是天資不高，要嗎是任誕如《世說新語》人物。但這一點是假不了的：既是讀書人，好奇是天性、求知是本份。等了兩年才失約，有兩個解釋。一是此公本重言諾，欠的是癡癡等的耐性。或是：他的求知欲與好奇心實屬平平。

談生的處境與傳說中戰國時代的尾生不同。尾生應約在橋下候佳人，本身不是一個謎。跟好奇或求知欲拉不上關係。河水上漲，女子仍是芳蹤渺然，他抱橋柱淹死，成了一言九鼎的化身，這是求仁得仁。

我猜想尾生與談生易地而處，也會有要看個究竟的衝動。以「法律」言之，談生未履行合約，痛失嬌妻，罪有應得。以人情言之，雖不可原諒，但可了解。

我們今天淪落塵世受苦受難，都因老祖宗不乖，偷吃了禁果。把罪名加諸魔鬼身上，似言之成理，實在是推諉責任。從談生犯誡經驗引伸，人類之墮落，早有定數，除非上帝不設禁果。試想夏娃上了魔鬼當後，嬌滴滴的向夫君招手，說：「你來，吃！」

為了對愛人表示有福同享、有禍同當的英雄本色，阿當敢不如命？

這些推想，荒謬怪誕，尚祈以小說家言目之。不過，從荒謬中亦可見阿當兩難的端倪。阿當不從命，日後耳根不清靜。聽愛人吩咐，觸犯天條，萬劫不復。好阿當，雖然所作所為禍延子孫，不失為一條男子漢。

從知性觀點分析，阿當與夏娃犯天條，其邏輯與談生相若。上帝造人，既賦予聰明才智，又給他們格物致知的範圍設了極限，這是相當殘忍的矛盾。阿當夫婦要是對清規戒律毫無條件的接受，是對自己求知本能的侮辱。

我們的祖宗在兩難之間選了以身試法，肯定了人性正面的本質，一如普羅米修斯盜火照人那麼悲壯。

天父慈悲為懷，遣耶穌下凡贖世。如果當日他造人時，只給阿當、夏娃白癡的智商，他們無思考能力，整日在樂園廝混，過優哉游哉的生活，不亦快哉？伊甸美食多多，何必一定要吃蘋果？祖先是低能兒，耶穌也不用受十字架的極刑。

我把創世紀「故事新編」，一定予人無神論者的印象。非也。只消看日月星辰的運作，應知宇宙有主宰。我存疑的，只是任何宗教對人生的解釋。以前聽過有神、無神兩派人士的辯論，前者一度情緒化，訴諸權威：

連科學界泰山北斗的愛恩斯坦都相信上帝的存在，你卻唱反調，真不可思議！

沒說出來的話是：你算什麼東西！

這種論調，太強詞奪理，那位面露惡相的仁兄也許有所不知，愛恩斯坦再聰明絕世，面對宇宙運作之玄妙、人生因果之複雜，他也有解析不了的。因此，在造物者的眼中，連愛恩斯坦也不算什麼東西。大天才越想不通的時候，越認識到自己的卑微。想不通，只好向更高的智慧投降了。

愛恩斯坦相信有神，因為他能力再強，也創造不了宇宙。但有神論者，不見得會把聖經的話句句當真。

幸好伊甸園男女吃了蘋果，保存了後代質疑問難的寶貴基因，否則人間不會有牛頓和愛恩斯坦這類子孫。

酒舖關門，我就走

「酒舖關門，我就走」（When the pub closes, I go）。語出邱吉爾。說得輕鬆極了，直比徐志摩再別康橋，不帶走一片雲彩的瀟灑。

此語是文曲星下凡的英國政治家對死亡的看法。把人生看作酒舖，營業時分，醉酒當歌。如有軟玉溫香，不妨抱個滿懷，但到了鐘點，雖然不心甘情願，卻不能賴著不走。

我國詩詞，有把人生喻為逆旅者。「生如寄，死如歸」意境相似，但與有皓腕當爐酤杜康的店舖相比，茅店的歲月，略見淒涼而已。

死亡既是人生的大限，邱老除了以平常心處之，其實亦無他法可想。等到酒舖打烊，才依依不捨離開，可見人生值得眷戀的地方，著實不少。可是酒客中，說不定有人身染頑疾、或有其他痛不欲生的原因，極希望早點離開。

對這類人說來，邱吉爾的話，一點也不灑脫。以常理言，一般人因身染惡疾或政治迫害，覺得肉體再不堪折磨、精神再承受不了凌遲時，生無可戀，但求及早解脫。

匈牙利裔的美國病理學家傑克・克沃爾基過去兩三年，在美國中西部扮演的，就是幫助酒舖中「痛不欲生」的客人早點脫離苦海的角色，因有「白無常醫生」之譽。在電視曾看過他被警察捉捉放放多次。此醫者作業之富爭議性，由此可見。以法律言之，他是幫兇從犯。在求解脫的病人看來，他無疑是——也夠諷刺的了——奪命恩人。

幫助別人「安樂死」，算不算犯罪行為？別的國家我不知道，但就美國而論，這將像墮胎法案一樣，永無休止的爭論下去。甲州認為人道的措施，乙州卻肯定是野蠻行為。因為不論是自戕或墮胎，都人命攸關，涉及的層次除法律外還附帶宗教的情意和個人道德的感應。這也是說，情緒化得很。

美國宗教狂熱分子，為了防止殺嬰（墮胎），往往不惜採取暴力手段，就是這原因。槍殺給未婚媽媽動手術醫生的兇手，在電視前總顯得那麼大義凜然、有理不讓人，受的正是這種狂熱的使命感所驅使。未婚媽媽常以此自辯：拿掉的是我的血肉、冒風險的是我的身體、墮胎是我個人的決定，干卿底事？此話聽來言之成理，其實不然。胎兒雖未出生，但也是生命。天主教視男生手淫為罪行，想是因為精子也算生命。

如果我們明白美國有些人愛把人權作這種「理論」性解釋的習慣，就不難了解他們跟亞洲國家談判時，動不動就把「人權」掛在嘴邊。是不是狗咬耗子?當然是。但最少我們得弄清楚這種多管閒事作風的文化背景。再說，政客把人權作口頭禪，一半是自我滿足、一半是說給選民聽。

閱報得知美國俄勒岡州最近通過安樂死法案，贊成者的票數雖然僅比反對票略勝一籌，但還算通過了。投票的居民，絕大多數該是神志清醒、身體健康的吧。呃，他們居然贊成安樂死，這一跡象，或可說明，在痛苦的現實面前，套在理論架構上的「人權」，有點站不住腳。

在癌病、愛滋或癡呆症肆虐的今天，美國人中即使自己和家人有幸，不受煎熬，但很可能親友中有人染此纏綿不治之症。如果他們到醫院去多探望絕症朋友幾次，說不定會修改自己的「人權」觀念，跟彼德・雷納站同一陣線。

雷納是英國人，今年六十一歲，自一九八一年開始就不能獨自站立、不能在床上翻身。現在只有部分視力、大小便失禁、不能自己梳洗、穿衣、進食。他患的是多發性硬化症，纏綿了二十六年，往後還會繼續惡化。他曾多次考慮自殺，但力不從心。而且，正如他所說：

縱使有人提出這樣幫我，我得表示拒絕，否則便會使他們牽連入刑事罪行中。

他過的生活，真是貓狗不如，因為動物若染惡疾受苦，主人一定會人道處決。

雷納的病例，取自英國，但痛苦的心聲是無國界種族的：

> 我對那些不惜一切維護生命的人感到十分憤怒。我希望能從那運動中找一個人出來，要他坐在我的輪椅上，蒙著眼睛、雙手綑綁，然後不准他上廁所。這樣過幾個星期的話，我肯定他們再不會以同樣的堅定信念來說話。

俄勒岡州的居民不一定知道雷納病例，但類似的例子，應有所聞。聽多了，會感同身受。安樂死雖以安樂為名，聽來還是鬼氣森森，不是茶餘酒後的題目。但上列幾個世紀絕症，的確教人產生了「昔日戲言身後事，今朝都到眼前來」的恐懼。難怪前幾年出版的《大解脫》(*Final Exit*) 一度成為暢銷書。

既然說過安樂死，應該一提「偷生」之重要。前兩年看文潔若回憶錄，知蕭乾老先生在文革時受盡紅衛兵凌辱之餘，曾接駁電線自殺過。只是一介書生，手腳做得不乾淨，有驚無險。要是他當年死了，就不能跟夫人合作翻譯《尤利西斯》了。如非惡疾纏綿，每個人都應等到酒鋪關門才引退。蕭老今天看到各大魔頭一一先後歸西，應知老天爺的眼睛沒有全瞎，更應慶幸自己當時笨手笨腳，沒有枉送性命。

名因利果

名利之心，人皆有之，程度不同而已。凡夫俗子看透名利者，絕無僅有。名利雙收的好處，實在多多，不必細表。若世事難兩全其美，名利不可同時兼得時，實際的選擇，不妨先從求財著手。你看，《世說新語》所記的石崇，就因敵國之富，名垂青史。近人如有超人之譽的李嘉誠，才德兼備，但任誰提到李先生大名，其令人肅然起敬者，總是他銀行的天文數字。這正如西子、貂蟬，在流俗的聯想中，僅見閉月羞花之貌，有誰還記得她們曾是大義的化身？

如果名只能往利中求，那對天下蒼生太不公平了。讀古人書常見「臣一介布衣」之說。今人聽來，或覺有點酸溜溜，但科舉未廢的朝代，這些自稱「野生」的小子，志氣卻不可低估。寒窗十年，一登龍門，自然名利兼收。古人以「書中自有顏如玉、書中自有黃金屋」勉子弟，的確不是誑言。

科舉是窄門。指望狀元及第而登名山，有如駱駝穿針孔。比起古人來，今天成名的途徑寬敞多了。在開放民主的社會中，三寸不爛之舌是競選公僕的政治資產。如果長相討人歡喜，資產倍增。在美國選總統，除上述兩條件外，還得家有恒產和財團撐腰。但區域性的選舉，布衣野生一樣可以顯身手。別的例子不說，去年我任教的地方威斯康辛州選出的國會議員，正是麥迪遜電視臺一新聞廣播員。受薪階級，收入平平，但上述的兩項政治資本雄厚。

嘴巴不靈光、貌不驚人，也一樣有名揚國際的機會——只要在體格上天生異稟就成。我說的，當然是體育界的競技場。只要在足球、籃球、或棒球場上爬上泰山北斗的高位，就有廠商請你為產品品題。

在商業社會中，名利密不可分，可見一端。如果我們不把名之為物，僅狹義的看作清譽，那麼備受爭議的名聲，一樣可作搖錢的手段。聲稱與克林頓總統有一段情的婦人，前後有兩位。不論所言是真是假，在《閣樓》這類刊物看來，她們的身體既能與白宮主人相提共論，已非凡品。

相對於這兩位小姐而言，去年因被太太割斷命根子的美國大兵巴比特得來的名聲，卻是不虞之譽。近閱報知他已一躍成為三級片電影明星。巴比特太太公堂作證時曾指出他性慾特強、需索無度，才一氣之下斷其勢。這些證詞，加上他手術後傳媒有關此子「還我雄風」的報導，都是三級影藝現成的題材，如不好好利用，無疑暴殄天物。

得馬上落個註——並非所有的不虞之譽都來得像巴比特那麼痛苦。就拿學術界來說吧，美國的麥克阿瑟基金會與別不同，不因獎額高，而是不接受申請。他們有專人負責向各學術部門打聽尖頂人物的名單，經內圍外圍的審核後，如覺值得獎勵，會給你一個突襲式的喜悅。

「談笑有鴻儒，往來無白丁」。可見人生在世，千萬別淪為白丁。在社會上，稍有頭面，總比白丁受到禮遇。名利之令人著迷，其理在此。可是我個人覺得，所謂知名度，到了某種程度，不必再錦上添花。杯中注水，溢滿則瀉。

我想到的例子有武林「一代天驕」的金庸。查良鏞何許人也，大概只有識者知之。但《笑傲江湖》的查大俠，在華人社會中，有水龍頭處，誰不識荊？金庸在武俠小說，或推而廣之，通俗小說之地位，絕非僥倖（通俗小說與「嚴肅小說」，今天僅是文學類型的識別，不含價值判斷，謹註）。如果他成就平凡，那麼縱有千萬「金學」幫閒人等給他造勢，也屬徒然。

閱報知北京大學封贈查氏榮譽教授殊榮。兩年前我有〈腳註、尾註、剖腹註、追註〉一文，道及某舞蹈名家，一天突接哈佛大學來信，通知他某月某日到麻省劍橋接受名譽學位。某公執信問左右曰：「哈佛何許人也？老子那天剛要排演，沒空。」

我若有金庸半分的社會名望，必會對給我錦上添花的中外高等學府說：「蒙錯愛，愧不敢當，請以此殊榮轉贈韋小寶，當感同身受。」如此任誕，乃見古風，亦笑傲江湖一佳話也。

鹿鼎奇緣

近年在威斯康辛大學所收的研究生中，有一位女士來自德國。由於她的教育背景異於一般美國和來自中文為母語地區的同學，她學習中國語言文學的過程和經驗，多發人深思。一天，研究班上一位同學以蕭紅短篇小說〈手〉作討論話題，我注意到她不自覺的眉頭一蹙，乃知大有文章。

課後我請她到辦公室來問究竟，因知她在德國大學念語文時，老師以此作教材。後來修文學的課，〈手〉一再出現。想不到在美國的研究院，又與蕭紅續前緣。當然，她一再解釋，她在班上的反應並非針對蕭紅的作品，事實上她第一次接觸時，大受感動。只是，為什麼這麼「巧」？

其實，這一點也不巧。蕭紅的成就，早有定論。〈生死場〉一篇，允為三十年代經典之作。

蕭紅不像盧隱，作品只有歷史價值。就作品本身、歷史地位或女性主義觀點而言，蕭紅在現代中國文學的課程中，不可或缺。

但德國學生的反應，卻相當自然。小說引人入勝，畢竟不像舊詩詞中傳誦千古的名句。〈手〉以情取勝。以文字言之，鮮見珠玉。張愛玲小說經得起一顧再顧，靠的是意象經營和文字機杼不絕。不過這是題外話。

學生和老師都得依賴譯文作教本的話，那情形更是無「巧」不成書。選讀材料受到翻譯有無的限制，老師要自闢蹊徑，用些超越典範的東西作教材，除非自己動手去翻譯，否則只好蕭規曹隨，繼續取「巧」下去。

西方漢學家近年譯文，所選作品，有不少是遠離canon（經典）範圍的。哈佛教授韓南英譯《肉蒲團》，是此「離經叛道」趨向之犖犖大者。韓南放眼天下，拿西方的「淫書」作了比對之後，認為李漁此作，確有異於凡品的地方。他用sexual comedy（風月喜劇）作界定，那就是說，此書樂得風流，本身就對「樂而不淫」的說法開了一大玩笑。

要通過譯文來閱讀中國文學的學生，文化背景和價值觀念，不可與中國同學同日而語。給中國學生開課，不能撇開傳統不顧。該念的書，學生即使覺得不大對胃口，為了宏觀的認識，還是要啃的。對外國學生，尤其是對中文並非本科的選修生，卻不能作此要求。他們念不下去，說不定就退課，改選其他科目。在外國教中文，學生人數寥寥，學校為了省錢，有時乾脆把整個學系結束。

「離經叛道」的翻譯，是否可以改善門前冷落的形勢，無法逆料，但像英譯《肉蒲團》的出現，至少在教材的選擇上，使人有柳暗花明的感覺。

近年英譯武俠小說相繼出現，頗有中國文學逐漸走出廟堂，步入紅塵的現象。金庸小說英譯的散章，早在十多二十年前紐約一本叫*Bridge*《橋》的刊物出現。但《橋》近於同仁雜誌，識者不多。

以單行本姿態出現的，據我所知，有Robert Chard譯還珠樓主的《柳湖俠隱》，一九九一年在倫敦一家小型出版社出版。金庸作品，得窺全豹的英譯，想僅有莫慧嫻女士的《雪山飛狐》（中大出版社，一九九四年）。

一九九四年，澳洲國立大學的《東亞史》（*East Asian History*）刊出了《鹿鼎記》英譯兩回。譯者署名閔福德(John Minford)，但據閔教授近日告我，這兩回譯文還有一位幕後英雄：霍克思（David Hawkes）教授。

那為什麼霍教授不具名？這裡有一段掌故，相當有啟發性，可說是我寫本文的動機。

原來霍克思十多年前自牛津大學榮休後，即歸隱田園，不問世事，全心向道。既是學界在野之身，讀書也就隨心所欲。長話短說。一天霍氏作客閔福德家，在這位後生的書房看到《鹿鼎記》。這位因譯《楚辭》、杜詩、《石頭記》名滿漢學林的前輩，大概一時覺得汗顏，怎麼這位金某，自己一直沒聽說？乃「不恥下問」，請後生道盡緣由。

據閔福德說，老先生開卷後不能釋手，後來竟自告奮勇，以「鬧著玩」(for fun)的心情完成第一回的翻譯。第二回是閔福德的手筆。照規矩，霍氏應在譯文上署名的，但譯文交卷時，他還未打定主意，這種「鬧著玩」的即興，是否還要繼續下去，因此決定暫時還是扮演江湖隱俠的好。

「鹿鼎奇緣」的後事將如何發展？據閔福德告我，老先生已被韋小寶纏住，不能脫身，決定跟後生合作，繼續幹下去，興盡為止。這也是說，將來單行本面世，霍克思與閔福德的名字，將在封面並列。

限於篇幅，未能介紹閔福德的序言。簡單的說，他認為《鹿鼎記》的最大成就，是創造了韋小寶這傢伙。中國小說三位最有新意、最引人入勝的人物，閔福德依時序排為：孫大聖、賈寶玉、韋小寶。

這三位寶貝，湊巧都是離經叛道之徒。

英譯中國文學，端的是柳暗花明。消息傳來，一套將要在大陸出版的《二十世紀中國文學大師文庫》，把金庸的地位列為第四位「小說大師」。看來現在中國文學史已開始改寫了。

大公無師？

手民之誤通指因排字工友一時不察出現的魯魚亥豕現象。報紙是出版界最受時限的作業，即使撰稿人寫的都是楷書，也難保不會出錯。幸好今天的報紙讀者，一目十行慣了，取的是大意，也無暇計較今天的「公」保雞丁是否原來的「宮」保雞丁。

餐牌用字出入多大無關宏旨。乾炒牛河與干炒牛河，吃進肚子裡都一樣。但有些場合卻是萬萬不能粗心的。聽說五十年代一教師節，臺灣有一報紙的標題，一不小心，把萬世師表誨人不倦的「誨」字，誤植為「侮」字。

這種錯誤，不能等待第二天更正，幸好報紙尚未出門，還可及時全部作廢。

從「侮」人不倦想到同事最近告訴我的「故事」。事緣她班上一位同學，一次交功課時，大概也是一不小心，把大公無私誤作大公無「師」。說是一不小心，是厚道的臆測。在天地君親師倫常式微的今天，這會不會是「別有懷抱」的潛意識折射？

今天歐洲學界的師生關係如何，我不清楚，但就美國而言，的確淡如水的了，尤以學生人數高達三四萬的校園而言。一個課室濟濟一堂坐著六七十個學生，學期結束後那個教授聲稱記得全班同學名字，不是瞎扯，就是超人。

這種相忘於江湖的交往，本來就有利犬儒思想的滋生。最難堪的是有些直腸子的商學院教授，在商言商，往往在公共場合公開說，學生不外是消費社會的顧客。那自己呢？當然是情報販子。銀貨兩訖，情義也盡。

近年在香港大專任教的美國教授，為數不少。流風所及，香港學子如受感染，後患無窮。如果師生的關係是指導教授與研究生，那更不該受這種商業心態所污染。理由是，研究院中導師與學生的情份，拿了學位後才真正開始。同事畢業後無論謀事或繼續深造，一紙文憑和成績單，並不管用。申請人最寶貴的一份文件，還是業師寫的那封推薦信。

給學生寫薦書，向來是藝術。如在美國學界，要寫一封對得起自己良心而又不自找麻煩的介紹信，算得上是一門學問。因為在這個滿布「深喉」的開放社會，什麼文件都難保隱不外洩。

學生品學兼優，為人師者寫這種信件，人生一樂。功課平平，但為人有各種長處，下筆時可就學生品格善頌善禱。僱主要知該生在學術上的潛力，大可看他的博士論文及其他著作。照理說，功課平平的候選人，機會不大。但世事有時真的不可以常理測度。

美國人好打官司，舉世知名。站在用人唯才的立場，僱主自然希望錄用出類拔萃的。才德兼備的，應為上上選，這沒話說。他們怕的，是其人功課雖優，但為人侵略成性，卻一樣出名。這種人一朝成為同事，雞犬不寧。

不少學業普通、品行卻備受稱許的博士生，謀事不比功課尖頂、性格卻飛揚跋扈的同學吃虧，佔的就是為人厚道的便宜。或曰，申請人的專業水準，僱主可憑其著作測量，但其人性格是否有「攻擊性」，除非薦書仔細道來，又怎知道？現在說到介紹信藝術的關鍵了。申請人性格有攻擊性，此話怎可見諸白紙黑字？學界用人，如由外人參加甄選，今天實難分辨出各類「某也賢」推薦信的高低。

所謂某也賢，說是該生勤奮好學、熱心公益、很少缺課等等。評審是老行家，一看到這類措詞泛泛的公函，當知此生乏善足陳。既為研究生，理應勤奮好學。熱心公益，難下定義。幫助盲人過馬路，也是公益。研究院的課，學生人數不多，教授上課時一目瞭然，誰無故常常缺席，無疑「自招殞滅」。由此可見，上述公函所說的好話，說了也等於沒說。

教授要保學生過關，得花好些心血。陳情時除避用陳腔濫調外，還得具體而微的申述該生才德異於凡品的細節。結尾時，不妨點睛作誓：此生敬業樂群，無嘩眾取寵氣習，極易與人相處，這種好人，今天打著燈籠也不易找。如果該生確值得這樣「背書」，理應出盡全力，讓僱主另眼相看。

話說回來。某生侵略成性這些「私隱」，外人如何得知？當然不會在介紹信內洩天機。背書也者，極其量是一紙公文，老於世故的未來東家，很少就憑此閒話一句拍板。如果與該生的業師剛好是舊識，那準會打電話求證。許多在信上未盡之言，這時或許會和盤托出。即使與指導教授不是舊識，也會輾轉打聽。

本文力陳師生關係之不尋常，無非希望臺灣和香港同學勿受末世犬儒思想蠱惑。研究生人數有限，師生關係遠比大學部親切。如果教授視你為子弟，你卻「大公無師」，那做老師的不是枉作好人？學生把教授看作情報販子，他倒省事，最少在寫推薦信時，可不帶一絲情感，引筆直書「該生勤奮好學、熱心公益、很少缺課」。

壯陽文化

香港人信步街頭，總會看到生劏、生炒、生曬、生煎諸如此類的廣告字眼。這都與我們吃的文化有關。譬如說，生劏龍躉，就是要告訴你，光臨小號，不會吃到冰凍魚條。

生劏就是活宰，把一隻、一條活生生的動物置之死地。人權不離口的花旗客，要吃六畜，也只好下殺手。不過科技發達的國家，事事講效率。一按電鈕，牲口就投生去了。如果他們的屠場也搞生劏，不被防虐畜會這類壓力團體在門前鬧事才怪呢。

科技奪魂也好、活宰也好、生劏也好，結局都一樣。這正如古之凌遲極刑與今之就地正法，結局都一樣。不同的是，一槍解決比殺千刀來得痛快而已。

生劏龍躉，不必用上千刀吧?菜館酒樓以生劏作招徠，想是以此作公開表演的，不然何必多此一舉貼紅條吸引觀眾?這大概跟蛇舖師傅剖腹取膽一樣，屬於特技表演。

斬首示眾，也是特技表演。清末民初，鄉間百姓閒著無聊，看殺頭是個老少咸宜的娛樂節目。吳組緗小說〈官官的補品〉，民兵捉到強盜，窮鄉僻壤一時找不到職業劊子手，只好臨時請來殺豬的屠戶充數，刀鈍人拙，於是一刀、兩刀，首級還是藕斷絲連。法國大革命時處決王室貴族的斷頭臺，已成歷史陳跡。斬首示眾這玩意，雖不乏觀眾捧場，也因國法難容，淘汰出局。三〇年代還依此古法炮製的，大概只有君臨南京的日本皇軍。

今天殺頭雖無現場表演，但愛看此熱鬧的心理，卻隔代遺存下來，不然生劏龍躉不會有招徠價值。血肉模糊的面貌，留步觀看的，總有理由。想有壯陽作用吧。一九九五年一月十五日《南華早報》頭條新聞，說在深圳的野生動物園，遊客只消花港幣二十元，就可購活雞一隻，扔給園內餓得口裡淡出鳥來的金睛白額大蟲，看牠在你眼前作生劏活剝的特技表演。鬚眉男子花區區二十元就可驟覺陽氣湧丹田，何樂不為。可憐的是他們的心肝寶貝兒女，自小在狄斯尼的卡通世界長大，看到家禽血肉淋漓的慘狀，哭得死去活來。

生劏而吃，最講究的倒不是海鮮。莫言小說《酒國》中的李一斗，提到清末時山西有一驢肉館，烹炒的驢肉最香。近閱古德明〈吃喝的文化〉，始知出處。原來此名店處理驢肉的獨步秘方，是把畜牲牢牢縛著，用滾水燙驢身，刮盡驢毛，然後呢？

以快刀零割，要食前後腿，或肚當，或背脊，或頭尾肉，各隨客便。當客下箸時，其驢尚未死絕也。

（古德明引《履園叢話》卷十七）

這是生劏一例。看來這酒館的老闆，一定看過凌遲這種極刑，不然怎會想到這種碎屍萬段吃法的好主意？

生劏活宰而吃之的對象，豈止限於禽獸？《水滸傳》那些好漢，抓到仇家，就拿他們的心肝五臟barbecue去壯陽。好漢是不近女色的，陽氣過盛怎辦？簡單得很，陽氣足，怒髮就會衝冠，正好替天行道，再找對象去生劏活剝。

西方國家把犯人正法後，棄之如敝屣。他們缺乏數千年文化積聚下來的智慧，不知人肉乃大補之聖藥，難怪。鄭義幾年前逃出生天後，所記廣西殺人狂潮流傳海外。我曾以〈人肉食譜〉一文作呼應。鄭義文章，有此一說：

如在另一案中，受害者剛被毆倒在地，人們便蜂擁而上執刀割肉。未能擁進裡圍的指揮者（記得好像是支書）大呼：「不許搶！生殖器（記不清當地的土語了）是我的！」

受害者苦苦哀求：「行行好，讓我快點死吧！」一人大發善心，狠狠一棒將其擊昏。

這位文書，應是男生。以形補形，女生大概不吃人鞭的。

女生講究養陰，進補自有一套。因非此道專家，不敢瞎說。不過假如中國文化真如柏楊所說像個大醬缸的話，她們在生劏、生炒、生煎、生曬的醬沫中泡浸久了，對被劏、被炒、被煎、被曬對象所受的痛苦，會像男生一樣視若無睹。

我最近因牙疾去「杜牙根」(root canal)。牙醫是女的，助手也是女的。拔牙也好、杜牙根也好，儘管上了麻藥，其死去活來的痛楚，也不下於被生劏、生炒、生煎、生曬。

醫者父母心。看到病人輾轉呻吟，不痌瘝在抱也就罷了，為了職業道德，也應該默哀吧？誰料那媽媽型的女技術員，大概生劏龍躉的特技表演看多了，因此人血魚血看來都一樣。她一隻手做醫生的幫兇，一隻手執起大哥大：「喂，阿彩，連卡佛大減價，你知唔知呀？」

人在痛不欲生的時分頭腦最清醒。我們這位慈眉善目的牙醫助手，在醫生給我夏楚橫施的半小時間，一共打了五通電話。外邊打進來找她的兩通還不包括在內。

醫師一直忙著在我牙床施展剜挖之功，無閒兼顧大哥大，但她對助手把自己的診所看作「盡訴心中情」的場地，令我靈肉俱受煎熬，罪同幫兇。

萬物之靈對同類先有惻隱之心，才會恩及禽獸。驢子龍蹇族類被人淩遲，也是活該吧。要緊的是，我們輪迴轉生，千萬別做驢子龍蹇。

淡入與淡出

代溝是社會學名詞。如以二十年為一代，那麼最貼身的代溝隔閡感，應是父子兩代。兒女輩如覺得父母親大人說話語言無味，無非是大家記掛的對象不同。據說有一食古不化的父親，極力為了尋求與兒子的共同語言而「惡補」梅艷芳。兒子感動之餘，思有以報之，乃與老父打成一片，陪他懷舊，聽小明星。

曲詞曰：

芳草天涯憐金粉，紫蘭香徑葬玉人。

看愛子聽得一面懵然，慈父喟然長嘆作罷。

這位老父聽小明星，「金粉」指什麼，大概不必翻字典。兒子呢，就難說了。不過，即使兒子查了字典，也未必能領略這位薄命歌女傳達的杜鵑啼血情意。那個時代的玉人，要像梅艷芳那麼載歌載舞的話，曲未終時人已香消玉殞。

共同的語言，基於相同的認識，因此兩代人可以促膝闊論唐宗宋祖。他們都是見諸典籍的人物，不是小明星。兒子的書若比老子讀得多，懷起舊來，就會比老子更能如見故人。

話題最易顯代溝的地方，倒是近代史、現代史一些風光過一時，但漸為晚輩遺忘的人物。近在臺灣《聯合報》副刊讀到羊憶蓉〈不連續的年代〉一文，談的正是臺灣社會因代溝做成的知識和信仰斷層現象。茲錄其片段：

電視上有時播出孫運璿先生呼籲民眾注意防治高血壓的公益片。我每次看到這段影片，心中有不同感觸。一回忍不住自言自語：「現在的年輕人，好比說金城武吧，不知道還知不知孫運璿那時代的事？」一旁有同輩茫然發問：「金城武是誰？」我哈哈大笑……。

金城武是誰，我也不知道，但孫運璿是帶動臺灣「起飛」的大功臣，若不是因中風而中斷政治生涯，說不定還做了蔣經國的繼承人。政治舞臺由來是淡入淡出的定數。坐了輪椅後的孫院長成了孫資政，從電視的黃金時間淡出，也難怪今天臺灣的年輕人不識他廬山面目。

男女衣著，過了時的款式可以復古，但總難取代潮流。再過一段時期，又得淡出。大陸政權為了應付新生代的信仰危機，前些時又把雷鋒祭出來，要人學習他精神。這當然是白費心機。對「一無所有」的年輕人說來，「一不怕苦、二不怕死」的調調，比小明星所唱的曲詞還要令人感到恍如隔世。

伯牙與鍾子期二人友誼，千古傳為佳話。聞絃歌即知雅意，語言都是多餘的了。他們兩位的閱歷、感受和價值觀念，一定有不少相似之處，不然怎可互通心曲？他們的年紀，也得相當。由此可見忘年交之說，總有個限度。金庸小說中的大俠周伯通，一時興起可以跟小朋友瘋在一起玩遊戲。要談心，還是得找老頭子。

兩個老頭子見面，即使大家一言不發，共坐階前聽雨到天明，也是一種溝通。

羊憶蓉所說的社會共同記憶斷層，自然不是臺灣和中國獨有的現象。一九九四年是二次大戰盟軍登陸諾曼第五十周年紀念。美國一些當年火網餘生的老兵，決定重臨舊地與戰友會面。ＡＢＣ電視臺抽樣找了好幾位，到現場回憶當日戰況。還記得其中一位在結尾時幾乎是自言自語的說：

沒有槍炮聲，這兒寂寞得淒涼。怪不得我訂機票時，旅行社的小妞瞪大眼睛叫，「諾曼第，怎麼我沒聽說過？那兒有什麼好玩？」真絕，是不是？

所謂斷層，依羊憶蓉的說法，無非是：

有些年長者的生活經驗都成了歷史，在今日現實中無所依循；有些年輕人對歷史毫無記憶，對今日世事的判斷也就失去了與過去的聯繫。

替老兵辦機票的小姑娘面對歷史而懵然不知，也怪不了她。即使她在學校讀過二次歐戰史，對她而言，諾曼第這地名大概不及名酒產地Bordeux來得真實。二次大戰時國軍浴血臺兒莊。今天這地名，還會不會引起什麼歷史的聯想？

聽美國老兵的口吻，可知他對歷史與現實間的斷層感慨良多。年紀大了，只有依戀歷史以滋養生命。他和小姑娘這一代人話不投機，亦意中事耳。

歷史既不能重演，老兵生命中最風光的一段也一去不復回。不過，如果他看過黑澤明的《七武士》，當會體味到，諾曼第一役的意義，不必靠別人來肯定。三船敏郎那一夥，把壞人殺盡後，面對依依不捨的村人，還是頭也不回揚長而去。

他們是自己生命的主宰，什麼時候淡入淡出，全由自己作主。

「老兵不死，只是淡出而已」。壯哉！麥帥。

人生幾何

突然想起人生幾何，乃因剛收到芮效衛（David Tod Roy）教授英譯《金瓶梅》第一分冊，合二十回。據譯者自稱，他初識此奇書，是通過英國前輩的譯本，時為一九四九年。當時芮效衛在南京。往後十幾年，他收藏了不少《金瓶梅》版本，但真正以此作研究的，卻是於一九六七年受聘於芝加哥大學之後。

依前言看，芮效衛動手翻譯《金瓶梅》，應該是八十年代初的事。

一百回的詞話譯文，已面世的是二十回。他兩年前接受芝加哥《論壇報》訪問，曾對記者透露，說據自己的估計，全譯本要等到二〇〇七年才能殺青。這也是說，翻譯二十回的文字，平均得花三四年的時間。最主要的原因是芮效衛做的，不光是翻譯功夫。第一冊的篇幅，共六一〇頁。譯文佔四二七，其餘全是與研究《金瓶梅》有關的資料。

公元二〇〇七年，芮教授已是七四高齡，他與此小說結下的緣份，前前後後歷四十寒暑。人的一生有多少個寒暑？我滴酒未沾而驟起人生幾何的感喟，即是此故。一個人獻出自己三分之二的青春從事一項研究計劃，就在漢學界而言，芮效衛絕非第一人。此文亦無「表揚」這位芝大教授之意。我只覺得，芮效衛預計四十年有成的展望，羡煞了中國人。不說四十年那麼山長水遠，就說從現在到二〇〇七這十三四年吧，要讓芮效衛有毅力與恆心繼續為一詞之立而躊躇下去，他先得對自己的和國家的前途有信心。

這也是說，即使在十年內美國可能出現民主、共和以外的第三政黨，他也深信美國基本憲法不會改變。美國一天不倒，芝加哥大學會繼續存在。

除非芝加哥這城市因暴力增長而變得十室九空，否則，大學準會辦下去。芮效衛因此不愁衣食。他對金、瓶、梅三字的索隱，容或引衛道派側目，大可置之不理，繼續虛心受教，堅決不改。因為他知道人在美國，不會因失言而罰坐牛棚、寫悔過書。

在飽經憂患的中國人說來，這是任何從事長遠計劃的人必須作的假定。可是我想芮效衛在決定投入《金瓶梅》翻譯前，不會有這種考慮。他可能考慮到自己的健康或其他個人因素，但絕不會擔心美國因「改朝換代」而影響到自己的工作。上面說他四十年的展望羡煞國人，就是這道理。

閱報得知金隄先生譯《尤利西斯》全譯本上卷剛在臺灣出版。金先生初識此西方文學經典於一九四五，比芮效衛識《金瓶梅》早四年。可是兩人遭遇，何其天淵。芮氏的研究和譯作，兩度獲基金會的支持。

《尤利西斯》在文革期間視為洪水猛獸，「無聊、黃色、頹廢」。此巨著縱使是金隄至愛，也只好割愛。在一言堂神祇的陰影下，什麼「假定」也是多餘。

香港離九七倒數來日無多。翻譯研究計劃要有始有終，若是章回小說，還是以不超過二十回為限比較實際。

乙輯

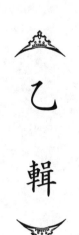

平心靜氣讀金庸

（一）

香港中文大學國際中國武俠小說研討會、籌備委員會主席劉殿爵教授，在其發給與會者的公函中，提供了討論範圍一些意見。其中一項是中國武俠小說和社會，包括：

甲——武俠小說盛行這一社會現象的解釋和檢討；

乙——武俠小說對社會的影響。

要就這範圍內好好的探討一下中國武俠小說近三十年來在香港、新馬和臺灣大行其道的原因，不妨效法荷蘭學者依恩・安格（Ien Ang）女士一樣，登報徵求各階層讀者對某一作品的反應和意見，然後根據各種有關資料做歸納和分析的工作❶。我對社會學的研究方法，僅知皮毛。即使有工夫「深入民間」動手動腳找把資料，寫出來的報告，因非「本門武功」，行家看了也會見笑的。我提出了武俠小說盛行的原因可從社會學角度分析這一點，無非是想以讀者身份，給有志從事此項研究工作的同事作一「現身說法」，提供一些可靠的資料。

我第一次接觸到歸納在魏紹昌編的《鴛鴦蝴蝶派研究資料》範疇中的武俠小說，純屬偶然。五十年代初，我在香港荷里活道一家書店打雜。該店門市不賣武俠小說，但因設有郵購部，專為東南亞華僑服務。而當時負責為顧客買書寄書的，是我份內工作之一。顧客索求甚殷的書類，就有武俠小說。近廚得食，我就在工餘之暇，上了武俠小說的第一課。鄭證因和王度廬的作品，篇名雖不復記憶，但一定看過，否則今天不會知道有這二人的名字。北派的武俠小說，還珠樓主和白羽，名字和鄭、王一樣響亮，但為什麼我當時沒有看過《蜀山劍俠傳》和《十二金錢鏢》這兩套著作呢？現今想來，原因只有兩個。一是還珠樓主和白羽的作品從沒出現在客人的訂單上。二是客人即使訂購了《蜀山劍俠傳》，我這個近廚偷吃的小夥計，處境如斯，也實在沒有工夫看得完。可能書一到，被其浩繁的卷帙嚇怕，一皺眉就打包裹寄出。

---

❶*Watching Dallas*：*Soap Opera and the Melodramatic Imagination* (Methuen 1985)

我當時該是十六七歲的年紀吧。除了自修英文時正襟危坐外，看所有的「閒書」，但求過癮。不夠刺激的段落，不是一目十行就是整頁跳過。有時為了不想耽擱購書客人太多的時間，書看了一半，雖然想過癮但覺得再不能拖下去了，乃連忙跳到最後一回，只消知道惡魔頭最後是否伏了法，英雄美人是否成眷侶，就心滿意足了。

安格女士引了馬克思的話來解釋美國「肥皂」連續劇「豪門恩怨」（Dallas）在荷蘭轟動的理由：

> 一種要成為交換價值的產品，得先具有利用價值的條件。換句話說，這產品應是消費的對象。本身沒有利用價值的產品，也失去了交換的條件。

根據安格女士的報導，一九八二年春天，荷蘭觀眾每周追著看「豪門恩怨」的數字，達全國人口半數以上。

他們為什麼這樣如醉如癡？安格女士的答案乾脆俐落：「看得過癮」。最值得注意的一點是，這節目把連口口聲聲說瞧不起美國文化（尤其是電視文化）淺薄無聊的知識分子也吸引過去了。他們雖然不能接受此劇荒唐誇大的內容，但暗暗佩服製作人之擅於利用電視這種媒介來操縱群眾心理。

因此可見觀眾在「刺激反應」這層次上，理應不會受到知識水平高低的影響。小孩子跟「高知」爸爸去看看殭屍電影，如果特技效果甚佳，導演和演員又神乎其技，創造了一個現場看來煞有介事的幽冥世界來，做父親的受驚程度，不見得比兒女低——雖然散場後他也許會一本正經的跟孩子說世上沒有殭屍這回事。

就我五十年代初看武俠小說時的教育程度和知識水平，以入學的級數來講，是初中一年級生。即使加上自修得來的心得，極其量也不過是高中生。

鄭證因等人的文學修養如何，當時根本沒注意到。即使注意到，也無能力辨識水準之高低。如果鄭、王等人的武俠小說涉及什麼微文大義，對我這個讀者來說，也真是浪費筆墨了。我既然是捧著尋求刺激而看武俠小說，難怪隨看隨忘了。「癮」斷不了的話，當然會一而再、再而三的追著看。但這個「癮」不是知性的，只求一時之快而已。

（二）

一九五六年我到了臺灣大學，其時正是所謂「新派武俠小說」在香港上場的時代。梁羽生和金庸的小說，已成了香港朋友茶餘飯後談話的資料。在臺北當然看不到他們的連載和三四毛錢一冊的「超薄單行本」。因此從一九五七年到五九年這三年的暑假，我養成了一個習慣：一下四川輪第一件事是喝一瓶可口可樂，然後馬上到書店租閱金庸的小說。從此晨昏顛倒，一直到看完市上能供應的「現貨」為止。

薛興國把他的「金學研究」題名《通宵達旦讀金庸》，說得一點也不過份。我當時就有這種經驗。

但做了大學生以後看武俠小說與舊時「近廚偷食」的滋味稍有不同。一來可能是自己辯知的能力高了，二來是兩個時代作品的質素的確不可同日而語。我看金庸的《書劍恩仇錄》（舊版作《書劍江山》），竟不捨得一目十行，而像嚼橄欖一樣細心品味起來。

這裡趁便作聲明，本文以下所舉例子只限於金庸的作品，理由全出於現實的考慮。第一、單就數量而言，在所有「新派」諸家中，我看得最多和最有始有終的是金庸的小說。

第二、如果我所猜不錯，金庸是武林諸子中唯一肯花大功夫去修改舊作的一位。倪匡在《我看金庸小說》一書有言，修訂本的文字，美則美矣，可惜一經雕琢後，許多地方失了舊版原來的粗獷與豪情。此言甚是。因為「創作過程中，作者和筆下的人物、故事，在感情上溶為一體，是一種直接的感情上的結合。下筆之際，所使用的文字，有時甚至是欠通的，但卻充滿了感情」。

不過，如果我們考慮到金庸小說對社會影響的話，那麼二者間我寧取「經過修改之後，小說中的每一句句子，幾乎都無懈可擊，合乎語法」的版本。為甚麼？這裡又得現身說法。先請容我打一小岔。我對金庸粗淺的評價，早在十年前以小說的形式見於筆墨（《二殘遊記》第四回）。下文論金庸小說的成就，若有人覺得言詞「溢美」，請記得這也是我「有始有終」的部份，不是為了湊熱鬧說出來的。

現在言歸正傳。

在香港和臺灣長大的孩子，只要受過初中以上的中文教育，中文再差，也不會墮落到文盲的程度。他們最少會看報，會用白得不能再白的白話文寫一封信。

在歐美地區的情形就不一樣。土生土長的孩子，除了特殊的例子外，只好接受中文文盲這個事實。小說的新版舊版孰長孰短的問題，對金庸這個筆名是從那個字衍生出來的原委也不明白的人說來，確是隔靴搔癢了。

但香港來的留學生，十之八九都是高中剛畢業就上道的。照常理說，他們日常即使有時間看中文的「課外讀物」，也不會找「廟堂文學」來硬啃。要他們看中文書，非找些讓他們廢枕忘餐的不可。美國各大學的中文圖書館，只要有武俠小說存在，借閱率高得供不應求，就是這個道理。其實，在美國華人的圈子中，今天若有「閒情看閒書」，大部分也是先要看「過癮」的。

新版的金庸小說，印刷精美，插圖豐富，文字又經逐字逐句的修正，自然是海外僑教日成真空的狀態下，最不用父母鼓催，孩子也會看得津津有味的中文讀物。

一位從香港來的唸電機系的同學曾經告訴我：

劉先生，我是「番書仔」出身，中文程度只可以看報紙。來美前一位親戚送了一套《射鵰英雄傳》給我，說是給我在機上解悶。誰知一看竟入了迷！還未看完就寫信叫家人把金庸所有的小說寄給我作聖誕禮物！

說完後他就東邪西毒南帝北丐的唸唸有詞一番，以證明他不打誑。我聽後百感交集。他「番書仔」出身。到「番邦」來又唸電機，如果不是偶然「看上」金庸，迷下去，這輩子可能從此與中文讀物絕了緣。

只要他看得下金庸，他不會變成中文的文盲。

第三、作者要人家把他的作品看作一回事，首先得把自己的東西看作一回事。我們試看

《雪山飛狐》新版面世的經過。

引文出自「後記」：「現在重行增刪改寫，先在《明報晚報》發表，出書時又作了幾次修改，約略估計，原書十分之六七的句子都已改寫了。原書的脫漏粗疏之處，大致已作了一些改正。只是書中人物寶樹、平阿四、陶百歲、劉元鶴等都是粗人，講述故事時語氣仍嫌太文，如改得符合各人身份，滿紙『他媽的』又未免太過不雅。限於才力，那是無可如何的了。」

金庸力圖洗脫武俠小說乃「文字遊戲」之成見，又可自《射鵰英雄傳》後記看出來：

……我所設法避免的，只是一般太現代化的詞語，如「思考」、「動機」、「問題」、「影響」、「目的」、「廣泛」等等。「所以」用「因此」或「是以」代替。「普通」用「尋常」代替。「速度」用「快慢」代替。「現在」用「現今」、「現下」、「目下」、「眼前」、「此刻」、「方今」代替等等。

力求書中人物說話恰如其份，這是《水滸》、《金瓶》和《紅樓》作者的抱負。金庸對自己的創作，態度之慎重，由此可見。

（三）

前面提到安格女士分析「豪門恩怨」連續劇成功之原因，拜情節安排得巧妙有關，使觀眾享受到山窮水盡、柳暗花明的樂趣。武俠小說要引人入勝，一樣得賣這些關子。但因故事傳播媒介不同，觀眾和讀者所得的樂趣性質也不一樣。如果「豪門恩怨」的情節，不是由男女演員的俊俏面孔把七情六慾曲曲傳出，而得用文字來表達的話，恐怕不會收到同樣的效果。

「豪門恩怨」的成功是群體的。聲、色、藝三位一體，缺一不可。

而武俠小說的作者只靠一支筆。金庸的文字如果不帶獨特的感染力，人情世故不達練，情節想像得越怪趣，可能讀者越覺得作者無理取鬧。給角色巧立名目易，讓他們的形象在讀者的想像中栩栩如生，就全靠作者個人的功力了。銅屍鐵屍在《射鵰》不是甚麼大角色，可是名字取得怪異，「先聲奪人」，若是描寫他們現身時的細節不夠生動，不夠戲劇化，讀者就會覺得此二人「虛有其表」了。

這是文字媒介與電影電視形象媒介傳達意念不同的地方。我們試舉在《書劍恩仇錄》第十三回出現的香香公主為例。陳家洛隻身回到回疆要跟木卓倫和霍青桐聯絡，途中到了一片大湖，為眼前景色懾住：

他一時口呆目瞪，心搖神馳。只聽樹上小鳥鳴啾，湖中冰塊撞擊，與瀑布聲交織成一片樂音。呆望湖面，忽見湖水中微微起了一點漪漣，一隻潔白如玉的手臂從湖中伸了出來，接著一個濕淋淋的頭從水中鑽出，一轉身，看見了他，一聲驚叫，又鑽入水中。就在這一剎那，陳家洛已看清楚是個明艷絕倫的少女，心中一驚：「難道真有山精水怪不成？」……

下文有關香香公主絕世容顏的描寫，也不外是「皓如白雪的肌膚，漆黑的長髮散在湖面，一雙像天上星星那麼明亮的眼睛凝望過來。」

香香公主究竟美得怎樣？我們只透過陳家洛的反應去「感覺」一番。陳家洛暗想：「天下那有這般美女？」跟著只見：「她舒雅自在的坐在湖邊，明艷聖潔，儀態不可方物，白衣倒映水中，落花一瓣一瓣的掉在她的頭上、衣上、影子上。」

金庸筆下創造了不少絕代佳人，但記憶中落墨在香香公主身上最多。他明知白描的效果有限，因此除了特別強調她體透異香、性格柔順、心腸良善外，還加插了好些場面——讓窮兇極惡慣了的人一遇到了她，雖然不會一一改邪歸正，也暫時為她超凡入聖的美所震懾，手足無措起來。

如果香香公主以血肉之軀在電影電視出現，世間往那裡找這樣一個美人扮演她?·由此觀之，作者給主角人物的造型，只有輪廓，眉目眼耳口鼻細節，得由讀者的想像力自己去補充。想像力各有不同，因此讀者的心目中各有異樣風情的香香公主。

雖然金庸一再說明小說中的香香公主不是歷史上的香妃，但他既然在書中加了插頁，提供了郎世寧「香妃戎裝」的油畫圖片和穿西裝之香妃肖像，我們禁不住要偷窺一下。天，穿戎裝的香妃粗眉大眼，手上皮膚微現雞皮痕跡。我個人還是喜歡我心目中無影無形的香香公主。

歷史上的燕瘦環肥，還是點到為止的好。一說便成俗。《紅樓》中的林妹妹，就讓她埋葬在曹雪芹的斷簡殘篇中好了，不必抖出來曝光。

李延年「歌」的那位絕世而獨立的北方佳人，寥寥三十三字，音傳二千餘年，一樣令人蕩氣迴腸。

這種文字功能，最少從「僑教」觀念看，不是電影電視所能比擬的。當然，少小離家的華僑子弟，大概不會自動自覺拿起李延年的「歌」來唱的。如果他們能夠迷上金庸的小說，浸淫下去，上乘者日後也許可以寫出規矩的中文。得乎其中者最少可以保持在放洋前閱讀中文報紙的能力，不會把中文一古腦兒忘光了。

因此，如果我要舉出金庸小說的社會價值，一句話就夠了——寓教育於娛樂。這裡所說的教育，只限於文字，因為有關金庸的是非觀和道德意念，將分節另談。

吳偉業的《圓圓曲》在有清一代至民初，在讀書人的圈子中，應像《長恨歌》一樣家傳戶曉。今天呢，恐怕顧曲無幾人了。

《鹿鼎記》第三十二回，金庸把陳圓圓搬到書中來，現身說法的用琵琶彈奏了自己的身世給韋小寶聽：

鼎湖當日棄人間，破敵收京下玉關。慟哭六軍俱縞素，衝冠一怒為紅顏。

這四句彈唱完畢後，陳圓圓說：

這是說當年崇禎天子歸天，平西王和滿清聯兵，打敗李自成，攻進北京，官兵都為皇帝戴孝。平西王所以出兵，卻是為了我這不祥之人。

金庸果然藝高膽大！他讓陳圓圓每唱一節，頓下來，給韋小寶解釋曲中的隱喻和歷史背景。若非聽者是連自己名字也不會寫的韋小寶，任誰都會覺得這種像媽媽教孩子的說書態度真是奇恥大辱。

陳圓圓表面是給韋小寶解說，真正的受惠者卻是已失去了受中文教育機會、不知「鼎湖」所指為何物的孩子。這個安排，如果不是出於金庸本意，最少也是潛意識的，且看他在《書劍恩仇錄》後記的一段話：

> 「金庸作品集」全部預計出四十冊左右。每一冊中都附印彩色插圖，希望讓讀者們（尤其是身在外國的讀者）多接觸一些中國的文物和藝術作品。……

金庸只創造出一個韋小寶，而《鹿鼎記》是他金盤洗手之作。那麼，在此以前，他又怎樣「寓教育於娛樂」呢？

一九六六年羅孚用了佟碩之的筆名，發表了〈金庸梁羽生合論〉一文，極有參考價值。以羅孚的看法，「梁羽生是名士氣味甚濃（中國式）的，而金庸則是現代的『洋才子』。梁羽生受中國傳統文化（包括詩詞、小說、歷史等等）的影響較深，而金庸接受西方文藝（包括電影）的影響則較重。」（註：據羅孚於一九九五年三月三日在《明報》發表的〈打錯梁羽生了〉一文，佟碩之原來是梁羽生的筆名。）

但金庸雖是「洋才子」，卻跟梁羽生一樣喜歡借主角人物中之「飽學之士」到處吟詩題聯，卻是事實。詩詞多引前人，但有時為了配合人物的身份，只好自己拼湊應付。譬如說《書劍恩仇錄》第十五回中李沅芷為了屢被余魚同拒愛，羞憤交集，路遇關東三魔，決定略施小計戲弄他們一番，洩口悶氣。她買了一大包巴豆，煎成濃濃汁水，混入三個魔頭的客店中倒入茶壺內。三人喝了，壞了肚子。延醫吃藥，又被小妮子暗下手腳，害得幾乎賠了老命。

小姑娘覺得玩笑還開得不夠，差仵作送了三口棺材上門，跟著又見一小廝捧了一對輓聯來：

草包三隻歸陰世

關東六魔聚黃泉

這副聯當然不是甚麼傳世之作。李沅芷不是詩人墨客，對象又是三隻草包，只要文字能引人發噱，就收到預期的效果。

我前面說金庸為了符合場面的需要，有時加插的詩詞只好「拼湊應付」。這話聽來好像有點不敬，但羅孚點出（金庸自己也承認），平仄之道並非他的本門武功。既然不能像曹雪芹一樣為書中人物一一「捉刀」，只好借用前人的句子。這種例子，不勝枚舉。我們就舉一個最短的、可能也是讀者最習知的例子吧。

在《神鵰俠侶》第一回就現身的李莫愁，因意中人娶了別人，性情激變，在書中以殺人不眨眼的女魔頭姿態出現。她慣例在行凶前先到「凶宅」打血手印。一個血手印代表要取此宅一人性命。

這回她要取「仇家」九條性命。茲引錄有關文字如後：

過了良久，萬籟俱寂中，忽聽得遠處飄來一陣輕柔的歌聲，相隔雖遠，但歌聲吐字清亮，清清楚楚聽得是：「問世間，情是何物，直教生死相許？」每唱一字，便近了許多，那人來得好快，第三句歌聲未歇，已來到門外。

三人愕然相顧，突然間呼嘭喀喇數聲響過，大門內門閂木撐齊斷。大門向兩旁飛開，一個美貌道姑微笑著緩步進來，身穿黃色道袍，自是赤練仙子李莫愁到了。

李莫愁的武功如何了得，與武俠小說對社會的影響無關，不必引述了。值得注意的是金庸小說每見前人佳句這種特色。有中文根底的讀者如薛興國，看了李莫愁所吟的，會知道這詞出自元好問的〈摸魚兒〉，而且金庸還把「問人間」改作「問世間」。

不明就裡的讀者，可能會誤認這是金庸自己的創作。但這不打緊，小說家言不同學院派論文，不必一一注明出處。話裡夾詩詞這種敘事方法的最大受惠者，正是「不明就裡」的讀者。今後他們想到李莫愁，可能就會想到「問世間情是何物」這種顯淺易懂的句子。正如我一想起香香公主，就想起陳家洛給她墓碑書下的銘文：

浩浩愁，茫茫劫，短歌終，明月缺。鬱鬱佳城，中有碧血。碧亦有時盡，血亦有時滅，一縷香魂無斷絕！是耶非耶？化為蝴蝶。

初讀《書劍》，已是三十多年前的事了。至今印象猶新，無他，因為這首「銘文」，正如由李莫愁口中唸出的〈摸魚兒〉一樣，已戲劇化得與書中人混為一體了。如果所引詩文，與劇情無大關連，讀者的印象就不會這麼深刻。宋人話本《崔待詔生死冤家》的入話，引了九首詩詞，連我這個職業讀書人都沒有印象，也正因所彈的調沒有戲劇化而已。

沒有韋小寶在場，金庸的小說，對需要受「僑教」的讀者而言，一樣收到潛移默化的效果。

（四）

談金庸的小說而不討論一下他為各類英雄俠女所創的各種招式，猶如談言情小說不涉及才子佳人的事跡一樣顯得有點不盡言責。但跟所有名家的武俠小說一樣，金庸作品最不必深究的一面，正是武當派使用的是哪一套劍法，少林弟子用的又是哪一路拳法。《雪山飛狐》第四回用了很長的篇幅描寫胡一刀和金面佛日以繼夜過招的經過，但對我這個讀者而言，最引人入勝的不是二人的獨鬥招式，而是刀光劍影下流瀉出來的人情。有關這一點，下面到適當的時機再談。

上面既提到李莫愁，不妨繼續以她為例。下面一節緊接前面引文：

> 阿根正在打掃天井，上前喝問：「是誰？」陸立鼎急叫：「阿根退開！」卻哪裡還來得及？李莫愁塵拂揮動，阿根登時頭顱碎裂，不聲不響的死了。陸立鼎提刀搶上，李莫愁身子微側，從他身邊掠過，揮揮塵拂將兩名婢女同時掃死，笑問：「兩個女孩兒

呢？」

塵拂一動就置人於死地，世間有沒有這種事體？既然讀的是武俠小說，寧可信其有，不可信其無，不然怎生看得下去？唐傳奇虬髯客傳騎的那匹「蹇驢」，跑起路來卻「其行若飛」；聶隱娘神乎其技，可以化為蠛蠓，潛於其主腸中，更是咄咄怪事。

諸如此類的例子，從志怪小說開始到《聊齋誌異》，俯拾皆是，不必細表。經典著作如《水滸傳》，不乏武打場面，但大多點到為止，不會像金庸那麼慎重其事來描寫。《水滸傳》既有大行家馬幼垣評論，我就用比較冷門的《隋史遺文》作個短例吧。第四回記〈秦叔寶途次救唐公〉：

……這番眾強盜，發一聲喊，只得丟了李淵，來戰叔寶。這叔寶不慌不忙，舞起這兩條鐧來。

單舉處一行白鷺，雙呈時兩道飛泉。飄飄密雪向空旋，凜凜寒濤風捲……。

究竟叔寶武功如何，全憑讀者意會。但同樣一個場面，要是由金庸以武俠筆法表之，就不會這麼公式化的一筆帶過。當然，叔寶的武功經金庸戲劇化後，他的整個武人形象，仍得靠讀者的想像力去「補遺」才能完成。但《隋史遺文》的價值不能以「武」論之，這也是夏志清替幼獅版重刊作序時只談秦叔寶等人的「情義」，不提他們「武功」的理由。

我為此文平心靜氣再讀金庸小說，也因此把武功場面作過場式文字看。

據羅孚的說法，寫武俠小說的名家，真正有一點武術底子的恐怕只有鄭證因。而金庸和梁羽生，「都是文質彬彬的書生，對武技恐怕都是一竅不通。梁羽生就曾在武技描寫上鬧過笑話。他最初寫武俠小說的時候，大約是不懂得如何描寫武技，而又想寫得細緻一些，有兩段是寫太極劍和判官筆的，可能他根本就沒有見過判官筆；太極劍是怎樣使法，他也不知。」

書生論劍，就容易犯這種毛病。但武俠小說如要看成一個嚴肅題目來討論的話，這種技術上的毛病，倒不會影響大體——只要在「小說」的範圍內站得住腳就成。王德威針對羅龍治〈我看寫實武俠——談《策馬入林》〉一文，寫了「『寫實』武俠如何寫實?」

羅龍治指出了國產武俠片一般違反史實的通病，譬如說五代十國時沒有「蕃薯田」；「爆竹」的實質古今有別；「劫官銀」的可能性也有時代安排錯誤之嫌等等。

王德威認為羅龍治「合乎史實」的要求，所關心的層面：

似乎局限在一「模擬」式的實況重建，講求藉著影劇媒介假戲真作的方式，讓觀眾進入一個具體歷史經驗而且信以為「真」。

拍「歷史武俠」片應不應該尊重史實？王德威覺得可以話分兩頭。第一、他點出近幾十年來的武俠小說天地裡：

早已形成一個自家的時間表；在這時間表裡所發生的某些事故依稀與正史遙相呼應，但卻總難落實在某一特定的時空範疇中。

第二、關於「寫實」的問題，他認為：

我們追求「重視」歷史真實面的努力實在可以再跨出一步，進而重現某一歷史時空的行為模式、價值觀念或甚而理念法則。畢竟蕃薯、爆竹及劫官銀只是個中較偏重於實際經驗的例子。

我們或可根據王德威的論點引伸，武俠片或武俠小說如果在技術上犯了時代錯誤固然可惜，但只要在其「自家時間表」的天地裡，能夠別開生面，提出作者對人生和價值觀念的新註釋，也一樣可以達到「寫實」的目標。

依此說來，我們對金庸作品的武功招數是否「離譜」，不必當真。正如羅孚所說，鄭證因的《鷹爪王》描寫武技最多，但讀起來「卻有枯燥乏味之感」。真正想學武的人自會投拜名師，斷不會傻呼呼捧著金庸的小說比對著學拳擊劍法。只要這些「技術錯誤」不誤人子弟，我上面提到他小說的社會功用，絲毫不受影響。

（五）

金庸的看家本領，是故事情節之引人入勝。一卷在手，確使人享盡「小樓成一統」的樂趣。倪匡說金庸的武俠作品「空前絕後」，起初聽來覺得有點武斷。「空前」或許說得過去，但怎知後無來者呢？不過，如果我們單以作者的才識和文學修養看，在白話文日趨「西化」的今天，往後即使有人在想像力上超越金庸，文字的駕馭力恐怕遠不如他了——至少對我這個對文字要求相當守舊的讀者說來如此。

阿城在《棋王》和《樹王》的文字，古趣盎然。誰料近作《遍地風流》筆尖一轉，出現了如下的句子：

> 峭壁上草木不甚生長，石頭生鏽般鏽著。一塊巨石和百十塊斗大石頭，昏死在壁根，一動不動。巨石上伏兩隻四腳蛇，眼睛眨也不眨，只偶爾吐一下舌蕊子，與石頭們賽呆。

「石頭們」出現過後，下一節有「牛們早臥在地上，兩眼哀哀地慢慢眨」。

阿城的《遍地風流》收入上海文藝出版社的《探索小說集》（一九八六）。集內各家，文體也有不少在「探索」中的。看來我們的白話文還會一直在轉變翻新下去。如果我們希望在武俠小說讀到的是金庸式的白話，照目前形勢看來，是不大可能的了。

在這意識上說，金庸確當得起空前絕後的美譽。

上面提過羅孚對金庸的看法，認為他受西方文藝（包括電影）的影響較重。羅孚舉了一個實例：「可能因為金庸做過電影導演的緣故，在小說裡常有運用電影的手法。如《射鵰英雄傳》裡梅超風要扼殺郭靖之時，筆鋒一轉，而寫梅超風對桃花島舊事的回憶，但卻並非平鋪直敘，而是運用電影的倒敘手法，復現當年的特寫鏡頭，然後再接入現場之景，……近乎銀幕上『淡入』、『淡出』的運用。在小說運用電影手法，這可說是金庸獨有的特點。」

這種淡入淡出的手法，說來容易，也人人會學，但是否能夠得心應手，全仗個人才氣和文字功力。功力不深的人，「淡入」後讀者可能再無興趣等「淡出」了。

金庸在情節安排上的乖巧，雖然多不勝數，但總脫離不了以下各種原則。故事一波未平一波又起。武功強中還有強中手，一山還有一山高。小人當道，陷害忠良。陰差陽錯，好事多磨。君子懷德，養奸為禍。英雄氣短，兒女情長。疑雲重重，誤會冰釋。

要使上述各種情節的成分節外生枝，得有大量篇幅處理。為此原因，金庸膾炙人口的作品多為像《射鵰》、《神鵰》和《鹿鼎記》這樣的長篇巨著。短篇創作如《鴛鴦刀》和《白馬嘯西風》，雖經改寫，仍嫌蒼白。我個人的感覺是，隨便從他的長篇中抽出兩個類同的情節，都比這兩個獨立的短篇好。

篇幅短，作者就不能在情節上「山窮水盡」、「柳暗花明」時收展自如。這道理與連續肥皂劇「豪門恩怨」的構思大同小異。如果「豪門恩怨」上演的時間只有一兩周，就相當於把《射鵰》的篇幅濃縮為《鴛鴦刀》的字數了。

唐傳奇的俠義篇，不以情節取勝，因為一來讀者對象不同，二來作者著意炫耀的是史才詩筆議論，只要把「小小情事」，說得「悽婉欲絕」就成了。

俠義小說發展到話本階段時，篇幅增加了。讀者（或聽眾）的教育程度有異，形式也因此改變，同時也不能不講究情節了。大家熟悉的〈趙太祖千里送京娘〉就是個好例子。

如果我們說唐傳奇和宋明話本是時代的產品，那麼「新派武俠小說」亦如是。既是時代產品，就不免受到當時讀者趣味和要求的影響。

（六）

因為情節的安排和人物的發展是作者意念世界的投射，現在續說金庸的意念世界。

為了給本文找尋有關資料，我依了鄭樹森的指示，參考了幾本論流行小說的英文著作。但與中國武俠小說拉得上半點風馬牛關係的，只有安格女士的*Watching Dallas*和科韋蒂（John G. Cawelti）的*Adventure, Mystery, and Romance*（芝加哥大學，一九六七）兩本。科韋蒂把所有的流行小說——如拓荒時期的西部神槍手傳奇、偵探故事等均目為公式文學。公式文學之所以「公式化」，無非因為作者的價值觀念和道德標準，在下筆時總會有意無意間的受到若干約定俗成的典範所限制。

流行小說之能大行其道，正因其情節觸及一個民族「想入非非」時的「癢處」。這些癢處搔到了，被搔的人就會覺得「過癮」。但搔癢的勁力適可而止。用力過猛，癢處出血的話，就會刺痛若干讀者認為神聖不可侵犯的信仰。這也是說，流行小說的作者若想突破傳統思想與倫理的約束，只能點到為止。若是離經叛道得太「不近人情」，會受讀者排斥。

金庸的小說世界，是繼承歷朝的方士傳、志怪、傳奇、話本、演義等餘緒，再加上英雄美人故事的構架，一爐共冶總其大成的。

他早期的小說如《書劍恩仇錄》，大致說來可說是默守前人忠孝節義的規範。陳家洛身為紅花會幫主，矢志反清復明，幸好他愛上的是回族的兩姊妹，要是對象是滿人的話，那真好事多磨了。依金庸小說家言創造出來的局面看，乾隆即使是他的親兄弟，只要他繼續當滿洲皇帝一天，陳家洛是準備隨時「大義滅親」的。

忠孝節義之外，還有其他的金科玉律，如有恩報恩，有仇報仇的江湖規矩。

這些都是約定俗成的道德假定。因此，從文學的眼光來看，《書劍》除情節緊張刺激，陳家洛與香香公主那段戀情纏綿悱惻外，並無其他特別可取的地方。

據四月十九日*Asiaweek*的報導，香港中文大學出版社將要出版《雪山飛狐》的英譯本。材料選對了。論者認為此故事的敘事方式受黑澤明編導的電影「羅生門」影響頗深。這毫不打緊。「天下文章一大抄」。且不說外國的例子，曹雪芹不也「抄」《金瓶梅》的架構？金庸除了在《雪山飛狐》「抄」「羅生門」外，《書劍》中用金針射蒼蠅的武當大俠陸高止，點子也出自「宮本武藏」。不同的是日本的劍俠用筷子夾蒼蠅，武當高手用金針而已。

我們既然要討論金庸的意念世界，也就無閒計較到這些技術細節。從《雪山》的文字看出，金庸對約定俗成的各種束縛，已開始感到不耐煩起來。

倪匡說：「《雪山飛狐》發表至今，是金庸作品中引起爭論最多的一部。引起爭論處，有兩點——第一點，多個人物敘述一件若干年前的事，各人由於角度、觀念的不同，由於各種私人原因，隨著各人的意願，而說出不同的事情經過來。

這是一種獨特的表達方式，很有點調侃歷史的意味，使人對所謂『歷史真相』，覺得懷疑……。」

第二點的爭論是和不了而了之的結局有關。如果《雪山》的成就僅限於「獨特的表達方式」，我個人認為沒有甚麼石破天驚的地方。

《雪山》最突出的部分，是金庸以極其細膩而戲劇化的方式，在傳統「父仇不共戴天」的觀念上打了個大問號。

打個不大恰當的譬喻說，在第四回激戰數日數夜而勝負難分的胡一刀和金面佛都是背負著「原罪」的子孫。如果不是為父仇不可不報的包袱壓住的話，以二人識英雄重英雄的肝膽而言，都會是刎頸之交的朋友。

金庸利用不同的敘事觀點敘述往事，使真相撲朔迷離，究竟誰是誰非，他好像毫不關心似的。其實不然。他感到興趣的不是往事，而是眼前的現實：兩位惺惺相惜的大英雄，為了父仇理應盡早置對方於死地，但每到緊要關頭，卻不忍下手。過去的「真相」越模糊，他們交手時越忍讓對方，越增加全書的悲劇氣氛。闖王的生死當時是個謎，而他的四大衛士自離開他後的出處又毫不明朗，世世代代的子孫卻要為滿足社會人士對他們的期望去復父仇。這些孝子賢孫身不由己的痛苦和人生殘忍而諷刺的遭遇，都給金庸寫活了。

倪匡說與金庸相交多年，每以「胡斐這一刀是不是砍下去」相詢，金庸「總是一副『無可奉告』的神情」相對。

金庸「無可奉告」，因為「父仇不共戴天」在傳統以至在今人的觀念中，是一匹「聖牛」，因此他覺得「不可說，不可說」。讓讀者自己去猜想好了。

私意以為，如果把《雪山》作徹頭徹尾的悲劇看，不妨作此收場，讓胡斐與苗人鳳同歸於盡，變成「禮教下的犧牲品」。

（七）

金庸思路之轉變，到《射鵰》和《神鵰》更見眉目。「俠之大者」郭靖，性情忠厚，但卻也天生愚拙。他歷盡多種劫難而安然無恙，的確要靠天上諸神保佑。別人要學上乘武功，有的不惜把自己身子壞了（如自宮），他卻由於各種機緣際會，湊巧「傳」到他身上來。

這個人可不可愛和可不可信，在金庸說來已是無能為力的事了，因為他承受過來的是素來講究「忠奸立判」的傳統。這麼一部大堆頭的著作，若無一個代表忠孝節義的象徵，讀者要鬧革命了。把這個「吉人天相」的角色安插其中，一來可以「安撫」讀者，二來可以放手寫東邪西毒這些怪誕乖戾的人物，可以大膽的讓小龍女和楊過師徒結婚。理由無他，既有郭靖這種正人君子代表浩然之氣，其他惡魔頭都可看作天地間的異數。

提到金庸小說中的乖戾人物，不能不提到所謂「俠義」小說的前身。我在「俠義」上加了「所謂」，是表示我的存疑態度。《無雙傳》中的古生為了成全仙客與無雙的好事，屢殺無辜，雖然到最後把自己的性命也賠了，但殺無辜算不算得上俠義行為？

聶隱娘的師父，教徒兒殺「壞人」時，「先斷其所愛」，更令人寒心。

因為前面談《雪山飛狐》時提到報父仇，這裡謹以較多的篇幅引《太平廣記》所錄的〈崔慎思〉以明某些俠者匪夷所思的一面：

博陵崔慎思，唐貞元中應進士舉。京中無第宅，常賃人隙院居止。而主人別在一院，都無丈夫。有少婦年三十餘，窺之亦有容色，唯有二女奴焉。慎思遂遣通戀，求納為妻。婦人曰：「我非士人，與君不敵，不可為他時恨也。」求以為妾。許之，而不肯言其姓。慎思遂納之。二年餘，崔所取給，婦人無倦色。後產一子。數月矣。時夜。崔寢。及閉戶垂帷，而已半夜，忽失其婦。崔驚之，意其有姦，頓發忿怒，遂起。堂前徬徨而行。時月朧明，忽見其婦自屋而下，以白練纏身，其右手持匕首，左手攜一人頭。言其父昔枉為郡守所殺，入城求報，已數年矣，未得。今既剋矣，不可久留，請從此辭。遂更結束其身，以灰囊盛人首攜之。謂崔曰：「某幸得為君妾二年。而已有一子。宅及二婢皆自致，並以奉贈，養育孩子。」言訖而別。遂踰墻越舍而去。慎思驚嘆未已。少頃卻至。曰：「適去，忘哺孩子少乳。」遂入室，良久而出曰：「餧兒已畢，便永去矣。」慎思久之，怪不聞嬰兒啼。視之，已為其所殺矣。殺其子者，以絕其念也。古之俠莫能過焉。

無論從那個角度來看，此婦的行為端的是「古之俠莫能過焉」。聶隱娘因「見前人戲弄一兒，可愛，未忍便下手」，使我們看到了她人性與母性的一面。

崔慎思婦殺的是自己的兒子，而聽作者的口脗，不但沒有責怪他，反而覺得她的行為大可稱道的樣子。此婦究竟有什麼不尋常之處？無他，她是報父仇的孝女。

我們明白，每個時代有其自成一套的道德觀念與價值系統。我們拿今天的人權標準來月旦唐人小說中的是非，識者自然有理由指責我們犯了時代錯誤的毛病。但我總覺得，「批判」縱然不可，檢討一番無傷大雅吧？

傳奇作者唐人紀唐事，在「寫實」的要求上佔了很多便宜。像崔婦這種行為，我們雖然不能假定當時的讀者看了「見怪不怪」，但既然作者言之鑿鑿（「博陵崔慎思，唐貞元中應進士舉」）說得好像真有其事，實有其人。

金庸可沒有這種「現身說法」的方便。如果他把這傳奇的故事大要全部接受過來，情節任由他戲劇化，但只要是以殺嬰為結局的話，一定會受今人非難：一個連母性也沒有的女人，怎可以任俠？

古人有古人約定俗成的禮法，今人也有自己的一套。金庸以二十世紀小說家的身份去杜撰元明清三朝武林舊事，自然不必受「歷史還原」的束縛。《雪山飛狐》中胡一刀夫人，把孩子向「仇家」托孤後舉刀自刎，使現代讀者想到因父仇之名引出來的冤冤相報惡性循環之可怕。金面佛苗人鳳一口答應把胡家的孩子視同己出，心中滋味確不好受。因為他知道此子他日長大成人，報父仇就報到自己或自己兒子的身上來。

但有關這些過節的種種痛苦衝突，金庸隻字不提。更沒有說書中任何人為「古之俠其能過焉」。「父仇不共戴天」這個「真理」，該不該一成不變的接受過來？他沒有評語，他只提供了一個「案件」。是非黑白，一切由讀者定奪好了。

論者有云，金庸筆下的「壞人」，寫得比「好人」出色。此言甚是。從《書劍恩仇錄》的陳家洛到《鹿鼎記》中的天地會總舵主陳近南，都受了我們對「名門正派」人物期望的限制而顯得婆婆媽媽。十惡不赦的魔頭明明是敗於自己手下，應該一劍斃了以除後患，他們卻因一念之善放了他們。弄得不好的，自己最後慘死他們的刀下，如陳近南。

反觀東邪西毒這些「邪門」人物，個個形象鮮明，呼之欲出。其實，比起崔慎思起來，這些行為乖謬的角色可愛多了。

「惡人」容易寫得繪影繪聲，「好人」不易取信於人，這是中外小說家一致面臨的考驗。有關這一點，我既已在《二殘遊記》分析過，這裡就不再拾自己的牙慧了。

（八）

徒弟娶師父這個「離經叛道」的結合，不始自金庸。在彈詞《再生緣》中就有前例。小龍女和楊過既有一段異乎尋常的緣分，理應「情之所至，金石為開」的。要是金庸還堅持「約定俗成」，就食古不化了。

真正代表金庸意念作一百八十度轉變的作品是《鹿鼎記》。若沒有《書劍》在前，這個轉變的感染力也許沒有這麼大。

如果我是金庸，寫完《鹿鼎記》，也會決定收山了。再寫下去，恐怕難寫得過自己。器宇軒昂、飽讀詩書、武功絕世、心地光明如陳家洛固然有資格挑起武俠小說的大樑，資質較差的郭靖，正好代表武林中人的良心。即使性情孤傲、自我意識極重的楊過，因有武功，也不枉稱為武俠。

但在《鹿鼎記》中笑傲江湖的韋小寶，目不識丁，語言猥瑣，容貌尋常。武藝呢，略識花拳繡腿。那麼他憑甚麼本領在江湖上混得處處比人勝一籌？一來靠有時令人難以置信的運氣，二來靠天生一把油嘴，加上後天培養出來的投機取巧，買空賣空的本領。

這樣一個人物，相當難處理，更不用說討好讀者了。金庸也想絕了——韋小寶始終以小孩子的身份出現。書結束時他三妻四妾，但讀者已習慣了他的口脗和荒謬怪誕的行徑，始終都把他作小孩子看。

成人對小孩不近人情的地方，每每容忍。韋小寶就沾了這些光。他不能在《鹿鼎記》長大。長大了的話只能以歹角或丑角面世。

韋小寶也只能以小孩的身份才能和「小玄子」康熙結了總角交。

也許因為韋小寶這角色的心路歷程離約定俗成的傳統太遠了。《鹿鼎記》在連載時收到不少讀者的抗議信。有些甚至認定這不是金庸原作，而是由人代筆的。也為了這個原因，金庸不得不在修訂本的「後記」中就小說中的好人、壞人、有缺點的好人、有優點的壞人等等辯證一番。其中有關韋小寶的評價，值得錄下：

> ……小說並不是道德教科書。不過讀我小說的人有很多是少男少女，那麼應當向這些天真的小朋友們提醒一句：韋小寶重視義氣，那是好的品德，至於其餘的各種行為，千萬不要照學。

義氣是跑江湖的人最起碼的規矩，至於像〈無雙傳〉的古生殺無辜以報「知遇之隆」是不是義氣，不在本文範圍討論之列，因從略。我們就假定韋小寶是個講義氣的人吧，這樣最少可以把《鹿鼎記》看成俠義小說。《唐書》忠義傳和傳奇話本所記的吳保安，即使會武功，大概也只是泛泛之輩，但卻以俠義名。

金庸說他創造韋小寶這人物的意念，實在不想「總是重複自己的風格與形式」。其實他達到的目的還不只是這一點。

韋小寶以半流氓的德性完成所有大英雄大豪傑無法竟功的「事業」，這是金庸對「邪不勝正」提出一個相當犬儒的看法。康熙和他如果不使「邪」，那能除得掉鰲拜？看《書劍恩仇錄》的讀者，不大可能對乾隆皇帝有好感。一來金庸落墨的地方，並無點著他的「德政」。二來他在該書的立場，是從「非我族類其心必異」這個隨俗的說法。乾隆如是「韃子」固然要除，是漢人後裔而「認賊作父」的話，更屬「無恥」。換句話說，金庸訴諸的是「大漢沙文主義」的心態和情感。

到了《鹿鼎記》，他不再來這一套了，而動機絕非為了改變形式和風格那麼簡單。金庸要就事論事。訴諸理性而非情感的意念，可從第五十回康熙說給韋小寶一段話看出來：

康熙又嘆了口氣，擡起頭來，出神半晌，緩緩的道：「我做中國皇帝，雖然說不上甚麼堯舜禹湯，可是愛惜百姓，勵精圖治，明朝的皇帝中，有那一個比我更加好的？現下三藩已平，臺灣已取，羅剎國又不敢來犯疆界，從此天下太平，百姓安居樂業。天地會的反賊定要規復朱明，難道百姓在姓朱的皇帝治下，日子會過得比今日好些嗎？」

這些話，當然不是說給把堯舜禹湯混作烏生魚湯的韋小寶聽的。康熙是否愛民，自有史家評說，但勤政想無疑問。且看他〈詠自鳴鐘〉一詩：

法自西洋始，巧心授受知。
輪行隨刻轉，表指按分移。
繹幘體催曉，金鐘預報時。
清晨勤政務，數問奏章遲。

金庸在《雪山飛狐》的結局中懸了一個疑。在《鹿鼎記》又布了一個有關韋小寶「血統」的小疑團。我們記得小寶的媽媽是麗春院的妓女。他衣錦還鄉之日，突然心血來潮，問媽媽自己的老子究竟是誰。媽媽答不出，小寶只好問她所接的客人是不是全屬漢人。他媽媽老實答覆他說漢、滿、蒙、回、藏的客人都有。

想不到五族共和的理想全實現在韋小寶身上。

金庸欲言又止的話是甚麼?「別拿血統觀念去看人了。漢人中有好人壞人,他族也一樣。」

我們又可從這理念中引伸甚麼?

其實不用引伸,他自己說了:「我覺得政治沒有是非,只有好壞。而好壞的標準是:使大多數人得到最多的好處。」(見應鳳凰〈有情常盈,無欲則剛〉一文,《中國時報》人間版,一九八七年四月十日。)這也是說——黑貓白貓都無所謂,只要能興邦治國就是「好貓」。

讀須蘭小說偶得

（一）

本文擬論須蘭兩篇刊載在《聯合文學》（十卷二期）的小說，茲先以美詩人萊文（Philip Levine）逸事作小引。

萊文於五〇年代初就讀艾奧華大學，受業反戰詩人洛威爾（Robert Lowell）門下。兩人相處得顯然不太愉快。有一次師徒對話，洛威爾竟指責學生「剽竊」弗洛依德觀點之不是。「可是，洛威爾先生，」學生答辯道：「我是猶太人呵！我直接從弗洛依德那兒偷弗洛依德。他是我們咱家人嘛。」

洛威爾聽了，只好嘆氣。

弗洛依德學說影響，如水銀瀉地，無遠弗屆。學生不跟老師就事論事，跟他討論「影響」到什麼程度才算「剽竊」，實在可惜。不過，他替自己開解的邏輯，卻怪趣得近乎強詞奪理。

弗洛依德是猶太人，我是猶太人，同屬「本家」，因此從祖廟拿東西不算偷。

以此邏輯看，大陸小說「先鋒派」諸子借鏡各家，諸如博爾赫斯，如馬奎斯，如Robbe-Grillet等，因均非漢族，寫得再出色，也難逃拾人牙慧惡名。

犬儒點說，「天下文章一大抄」。個人才具，多少總受到傳統的染濡。自己傳統沒有的，採自他山。師承對象的國族血統，只要作品青出於藍，誰是誰的徒弟，不必計較。今天讀莎劇的人，除了學究，誰會理會某些故事的前身？

若以外來影響論，近年露頭角的大陸作家中，最少受西風美雨感染的是一九六九年出生的須蘭。她在〈古典的陽光〉一文這麼交代：「我愛的一些小說總是這樣一種清冷冷的味道。」其中一個典範，是張愛玲的摩登傳奇。

她也愛一些「繁華小說」，如《紅樓夢》。又如金庸「別是一種動人」的作品。

說到故事年代，她對漢、魏晉六朝、唐、宋似情有獨鍾。

這麼說來，須蘭沒有什麼「夷狄關係」了。當然，她心儀的張愛玲，作品深受弗洛依德影響。張愛玲不是猶太人，須蘭小說繼承祖師奶奶「餘蔭」，正如萊文所說，是一種「血親」關係。

須蘭刊在《聯合文學》的短篇〈石頭記〉，和中篇〈閑情〉，文字陰柔綿密，意境淒迷，曲曲傳出張愛玲女士註冊知名的蒼涼況味。在臺灣、香港，張愛玲早有弟子傳芬芳。在大陸，如果我所識無訛的話，這是初試啼聲。難怪王德威在介紹其作品時破題說：

> 八〇年代末期以來，大陸小說界新銳輩出，但以氣勢講，男作家總是略勝一籌。女作家在王安憶、殘雪之後，雖有陳染、池莉、方方等力爭上游，比起男性同儕如格非、余華、蘇童等的知名度，還是有段距離。新人須蘭的出現，因此值得注意與期待。

須蘭值得注意與期待，因她確屬異數。用臺灣才子的口吻說，她是「紅唇族」，寫的又是非常不PC（political correctmess縮寫，政治正確性）的「閨秀小說」。

除了王德威上列的名單外，我們還可加上劉索拉和鐵凝。這些女作家，文字與關懷，各自成天地。然而不論著墨的地方是個人際遇，或倫常顛倒，或社會偏失，或中國新女性的定位，廣義的說，這都涉及意識形態的範疇。

須蘭卻遺眾獨立，著意經營「不牽涉到任何政治性的東西」，訴說地老天荒癡男怨女的風月事。《聯合文學》名之為「新言情小說」。

吳爾夫（Virginia Woolf）在《自己的天空》（*A Room of One's Own*）有此一說：

按批評家的假定，某書描寫戰爭，因是重要著作。某書記述婦道人家閨房感受，因此無關宏旨。

不消說，這種偏見，早已不復存在。情是何物，以小說家言，是個糾纏不清的題目。飲食男女幹的好事，只要寫得人情達練，無論宏觀微觀，總有引人入勝之處。《包法利夫人》如是、《咆哮山莊》如是、《紅樓夢》更如是。

張愛玲出身於新舊交替時代門閥之家，從小就閱盡宗法社會人情凶險的一面。日後鑽研西方典籍，對人類乖謬的行為與反理性的衝動，更有深切的了解。她天眼看紅塵，聲音儘管蒼涼，但不厭世。人生下來都從老天爺那兒分發到一堆籌碼，在人生的賭場玩遊戲。運氣好的，可多嚐些甜頭，也可多流連些日子。運氣差的，一下子就「血本無歸」。

但老天爺既然是大莊家，是輸是贏，所有的籌碼最後物歸原主。既然有這種認識，張愛玲看人生，也無所謂樂觀悲觀了，只是認命的無奈。

張愛玲研究，今天已成「張學」。上面的話，雖屬多餘，但因須蘭小說系出同門，這過場性的交代，也有必要。

（二）

須蘭的作品，既是新言情小說，應該是「情是何物」的一種詮釋。以文字論，頗得祖師神髓。「雨總是雨，下又如何，不下又如何。」無奈、惆悵、慵倦、口吻像不信日光下有新事的白頭宮女。

但這個〈石頭記〉的甄九，才二十歲，雖然「在這個年齡總是對自己說，二十歲知天命」。如果所指的是心理年齡，她未老先衰了三十年。二十歲的生理年齡，正是跟異性生死相許、海誓山盟的，可是她對男友古茶的情意，想是「知天命」的因由吧，反應犬儒得可以。端的是：

這年頭，只有自身才是真正的依靠。燈光不明處一句優美而含糊的承諾又能如何，如果為此而驚心動魄，那是和自己過不去，自找不自在。甄九絕不虧待自己。

在現實關頭精打細算，為了保護自己而架起陣陣「心防」，是張愛玲小說人物常見的一種精神面貌。弗洛依德以還的心理學說，離不開了本能與動機的分析。〈金鎖記〉的七巧，以買賣婚姻的方式嫁了患骨癆的丈夫。情慾難熬，竟不顧倫常，勾引起小叔子季澤來。

小叔子在分家前，手頭還算活動，用不著吃「窩邊草」，乃以大義曉之。

分家後，季澤家財散盡，七巧這時卻出了頭天：殘廢的丈夫死了，以自己青春換來的錢財，終於到了手。小叔子要分一杯羹，「爬灰」能得之，也不計較。

七巧其時是屬於「狼虎年華」吧。對季澤即使無情，但慾念不減。「多少回了，為了要按捺她自己，她迸得全身的筋骨與牙根都酸楚了。」

但今天身無長物的小叔子，在她跟前「露出一雙水汪汪的眼睛」賣風騷，道盡相思之苦。這把戲演得逼真，但嫂子心裡有數。一晌貪歡，樂趣無窮，但錢財到了季澤手後，也就恩盡情衰，這輩子也完了。

以七巧的年紀和經驗看，情慾短暫的滿足和下半輩子的依靠，孰輕孰重，早有定論。但當面拆穿了小叔子的西洋鏡，總不好受，怪不得她說「今天完全是她的錯。他不是個好人，她又不是不知道。她要他，就得裝糊塗，就得容忍他的壞。她為什麼要戳穿他？人生在世，還不就那麼一回事？歸根究柢，什麼是真的？什麼是假的？」

這種「假作真時真亦假」的弔詭，誘惑是夠誘惑的了，但張愛玲小說不以浪漫情懷見稱，最後「現實原則」壓倒「快樂原則」，不足為奇。

張愛玲以中篇小說的空間交代七巧的滄桑，上下文顧慮周全，七巧因「心死」翻臉而說出的憤激話，因此聽來不覺突兀生疏。

（三）

前面說過，〈石頭記〉中的甄九，心態未老先衰。二十歲就如此消極，對人生和愛情如此存疑的，在我們的社會中總有例子。問題是，正如七巧一樣，甄九是小說中人。須蘭的手法既屬張派，我們不妨以傳統批評眼光論其成就。小說人物的形象與生命，靠互相關連的細節堆砌起來。

古茶曾認真地對甄九說，他等她畢業的時候，她怎麼反應呢？

她忽然覺得燈光似乎驟亮起來。她笑著反問，是不是要她在二十歲就作下承諾，她仰著頭笑，她不相信這是真的。這只不過是某一瞬間的感動，對於古茶來說肯定如此，可她為什麼要點穿？真的又如何，假的又如何。

細心的讀者想已察覺到，這口吻似曾相識。七巧剛才不是說過麼：

她為什麼要戳穿他？人生在世，還不就那麼一回事？歸根究柢，什麼是真的？什麼是假的？

我們對七巧和甄九類似的反應感受不同，不因甄九說話「老態龍鍾」，而是因為作者提供的細節太單薄，沒有給讀者應有的心理準備。

也許〈石頭記〉四五千字的篇幅，作者無法細心經營。須蘭走的，如果是所謂「先鋒派」的路子，那當作別論。先鋒招數神龍見首不見尾，場面出現的「空缺」（lacuna），可認作這類作品的特色。

作為張派小說看，甄九未歷世劫而老氣橫秋，聽來有點強說愁。

「真的又如何，假的又如何」，似非心聲，而是套上去的。這種無可無不可的口脗，在短短的幾千字裡，多次出現。有一次跟古茶對話，甄九說到「覺得已太老了，二十歲，是一個知天命的年齡，可我什麼都不知道。」

古茶立刻轉過身來，「你怎麼了？」

她沒好興致的答道：「沒什麼，懂又能怎樣，不懂又能怎樣？」

還有其他例子，不過〈石頭記〉風格如何，已可見一斑。

（四）

如果言為心聲，聽甄九的語氣，她對男女私情，已看得很淡。「禪心一任娥眉妬」，就她目前心態而言，把「娥眉」改為「癡男」就成。

可是後來的發展，證明甄九的「知命說」，僅是說說而已。她暑假時跟同學乘船到外地一個小山城旅行，認識了石。「月光輕瀉甲板上，石和甄隨著舞曲一次次起舞。」

經此一舞，甄九著了心魔，看來情不由己，迷上了石。這種一曲難忘羅曼蒂克的發展，於黃毛丫頭而言，或許司空見慣。但區區一個石某，在甲板上隨便跟她客套幾句，就害得我們這個看似禪心如槁木的甄九心神恍惚，回到船艙內，「卻怔怔了好久才翻開書」。

甄九這妮子表裡不一致的性格，可有不同的解釋。最方便的莫如古茶的魅力，遠不如教女孩子迷他迷得為他輕生的石。她一天到晚「如何又如何」古茶，並不表示已把色空看破，而是對方條件不夠，未能給她「來電」。

或者，玄一點說，這是緣，也是命。古茶曾固執的對甄九說，「不管怎樣，天命中有我。」不幸天命不可測。當然，如果把人生悲歡離合都作宿命觀，什麼解釋也是多餘的了。

拿心理學的眼光看，甄九對石情有獨鍾，是一種反理性衝動的突發。說是浪漫的衝動也言之成理。狄更斯《雙城記》中的酒鬼薛尼・卡頓，為了成全露茜的婚事，代她的情人上斷頭台，這正是浪漫衝動的行為，不能以常理論之。

甄九跟石的關係以後會不會有新發展，我們不知道。依古茶的估計，她還會選擇石的。甄九不置可否。

石是什麼樣的一個人？一個談了三年的女友為他自殺，「他卻因打架而被拘捕」，「回來便拚命喝酒」。

如果甄九捨古茶而就這個人，不是反理性的衝動那是什麼？我們可別忘記，她說過「這年頭，只有自身才是真正的依靠」，和「甄九絕不虧待自己」這樣的話。

小說人物，我們不要求性格統一。甄九在船甲板跟石的一舞之緣，相當於西方文學批評術語所謂的peripeteia。音樂停後，這位以前老說「有如何，沒有又如何」的女子，如果開始表現得前後判若兩人的話，也是合理的心理發展。這不但增加故事的戲劇性，也同時體現了張派作家對無可奈何人生的了解。

〈石頭記〉的下半部，可惜潛力沒有好好利用，以「笑過、鬧過、哭過、瘋過、寂寞過、相思過、愛過、恨過」這些提綱性的字句收場，令我這個讀者有白跑一場的感覺。

我原先給自己定下三千字左右的篇幅討論〈石頭記〉和〈閑情〉兩篇小說。現在已近五千字，看來未盡之言只好暫時按下不表了。總結我對〈石頭記〉的印象，或許可以這麼說：張愛玲的文體可以倣效，但她的感性和對人生的看法，別人卻無法模擬得來。

〈石頭記〉和〈閑情〉，文字與張愛玲比，雖不可以亂真，但也似模似樣。最顯著的欠缺，容我以一句英文出之，就是a sense of felt life。用實例代替翻譯，張愛玲的〈傾城之戀〉，寫的是一對互設心防的男女，因戰亂而成了枯肆之魚的故事。下引原文：

……在這動盪世界裡，錢財、地產、天長地久的一切，全不可靠了。靠得住的只有她腔子裡的這口氣，還有睡在她身邊的這個人。她突然爬到柳原身邊，隔著他的棉被，擁抱著他。他從被窩裡伸出手來握住她的手。他們把彼此看得透明透亮。……他不過是一個自私的男子，她不過是一個自私的女人。在這兵荒馬亂的時代，個人主義是無法容身的，可是總有地方容得下一對平凡的夫妻。

這是張愛玲因人、因時、因地而發的對人生結結實實的感受，是看透世情才寫得出來的，因是felt life。

須蘭二十剛出頭，儘管語言「老氣」，人生經驗總也嫩些。無論如何，才華是不能取代經驗的。有關她的文字，王德威說了一句語重心長的話：「但如果一味在俏皮的文藝腔中打轉，就難免有自我陶醉之虞了。」

〈石頭記〉前半段，令人覺得有點膩、有點做作，就是因為文字只見張腔的骨架，獨缺張腔的肌肉。

末日說
——說世劫預言

世界末日、地球總有一天會煙消灰滅，看來不必求證科學，在我們心中早已有數。「天長地久有時盡」，說的就是這種認識。海枯石爛，情景不難想像，但因無細節參照，不會引起大難臨頭的恐懼。油盡燈枯，與海枯石爛，其實是相通的道理。

我國流傳於民間的各種有關世劫的預言不少。《推背圖》或其他類書，難成顯學，無非是深入民心的程度，無法與《啟示錄》對西方各階層文化的影響比擬。

西方學者，信徒也好，異教徒也好，對大限一說，的確煞有介事。他們對末日學研究，分工之細，可從奧利里（Stephen D.O'Leary）新書*Arguing the Apocalypse: A Theory Of Millennial Rhetoric*（牛津大學，一九九四）看出眉目。與Apocalypse相關的英文類詞頗多，為了行文方便，我將以世劫、大限、末日交替使用。

世劫、大限、末日等稱謂，聽來會令人惶恐終日，但從虔誠基督徒立場看，這是求之不得的事。奧利里書後附了百多條參考資料，其中有一本一九七五年在荷蘭出版的書，可譯為《望眼欲穿》(*A Great Expectation: Eschatological Thought in English Protestantism to 1600*)。作者為 Bryan W. Ball)。

望眼欲穿，是期待《新約》的預言早日實現。信徒自問規行矩步，把塵世看作涕泣之谷，大審判來時，正是大解脫之日，何足懼哉。我們的先民，面對昏君暴政，無可奈何，只好作「時日曷喪」的感喟，希望老天收拾他們，自己同歸於盡也在所不惜。這種想法，顯然比基督徒消極。大審判由神之子主持，善惡分明，壞蛋天網難逃，但善人有好報。

根據奧利里所引資料，就美國而論，等待耶穌二度君臨，聲勢最浩大、歷時最久的一次，莫如因米勒（William Miller）預言引發出來的連鎖反應。

米勒本在紐約州務農，是個理神論者（deist），後來接受基督教義，潛心讀《聖經》，對《啟示錄》尤有研究。日久有功，他終於憑研究的心得，制訂出一套「末日學」的法則來。

早在一八二二年，他就把大限的年份推算出來——一八四三年。次年十一月，天空有極不尋常的流星雨出現，當地居民把這種「降自上天的火雨」，看作是上帝駕臨的前奏。米勒此時已奉准在浸禮會教堂傳道，末日說既得天象配合，聲名大噪。浸禮會四十三位牧師聽了米勒的福音後，聯名簽署，說他的道理「合該宣揚天下」。

世界沒有在一八四三年終結。他的預言本來留了不少轉彎餘地：

> 耶穌將於一八四三年三月二十一日至一八四四年三月二十一日這一年間，與天上諸聖聯袂降臨人間。

一八四四年三月二十一日，照常日出東方。

望眼欲穿，結果如斯，令人神傷。解說當然有。一說上帝沒有依時出現，為的是考驗信徒的信心。有人更妙想天開，聲稱推算日子，不能單以格列高利曆法作準，因此以猶太人的曆法計算，把末日推到七月十日，也就是格列高利年曆的十月二十二日。

預言依舊落空。面對此尷尬場面，米勒和其他「末日運動」領袖人物，除了以「隨時會降臨、靜心等候吧」去安慰信徒外，也實在無話可說。

這個「運動」，有什麼後遺症？十月二十二日這天來臨之前，信徒把田間應收割的農作物置之不顧、欠債的還清了錢、債主撕毀了欠款收據。財主則把家產分配給不信這一套的子孫。引頸以待的大解脫一再誤人，物質的損失和心理受的打擊，可想而知。嚴冬已近，寒衣未剪、家無隔夜之糧已夠難受，但更難面對的，卻是被上帝拋棄的孤獨感。一位米勒信徒事後這麼記載：「這種感受，拿失去世上所有的朋友，也難比擬於萬一。我們流淚到天明。」

這種「好夢成空」（The Disappointed）的蒼涼失落感，近人還有專書論述。

末日說的氣候，不因預言屢成泡影而減溫。米勒復生，準會把原子核子武器之出現和猶太人建國這兩件大事，看作大限臨頭的徵兆。晚近十年來的「假先知」，言論最富煽動性的首推林賽（Hal Lindsey）。他眼中的中國，是黃禍之源。蘇聯呢，自然是惡貫滿盈的大帝國。此公預言，好把時事新聞與聖經片段互相發明，以求徵信。他懂得避風險，不像米勒那樣把天翻地覆的日子孤注一擲的抖出來，但其聳人聽聞的地步，更有過之。耶穌再臨，在那兒落腳？且看奧利里引他的一段：

耶穌重臨落腳的地方，就是他離開世界的地方：橄欖山。他足一貼地，就發生大地震，山一分為二。因地震出現的裂縫，將自山的中央向東西兩邊展開。

有人向我報告說，一石油公司在此區域測量地質採油時，發現山的中央出現斷層，正好向東西兩邊伸展，斷層大得可以隨時裂開。現在等的，就是那隻「腳」。

奧利里說得好，這傢伙之敢於作駭人聽聞之言，無非是他假別人名義發言，卻不落出處。「有人向我報告說」，原文為 It was reported to me that。如果不是出諸林賽之口，大可譯作「據聞」。總之，說話用被動語態，誰向他作「報告」的，就不必交代。

世道愈亂，販賣危機意識的文字日多。兼逢世紀末，此風將會變本加厲。吳組緗小說〈樊家鋪〉有位佛教中人的蓮師父，她描繪出來的末日景象，筆法功力不輸舶來：

人心大變了。菩薩託了夢，聽到說過嗎？上個月的事。菩薩手裡捏著鋼鞭，一臉怒氣。從來沒見過那怒氣。……菩薩把鋼鞭望西北方一指，半天不開口。……半天，半天，說話了。……說大劫要到了！白頭髮去一半，黑頭髮一齊算。就只兩句話……。

〈樊家鋪〉記的是官迫民反的始末。世道人心確是變了，但觀音菩薩並沒有現身。可憐的倒是蓮師父自己。這假神道之名斂財的出家人，終於死於非命。

William M.Alnor有書記載有關基督重臨的星相之言（*Soothsayers of the Second Advent*，一九八九年出版）。依他所說，單在八〇年代，我們應有過四次「大解脫」的機會，計為一九八二、八六、八七和八八。

還要等待的是尚未結束的一九九四年。人生苦短，一天到晚「等待果陀」，死去活來，不是滋味。還是〈樊家鋪〉線子嫂搶白她母親時的話管用：

有錢的怕劫難。我們不怕。天掉下來，還有比我們長，比我們高的。你們打打主意吧。

世紀末的喻世明言

一九九四年四月號的《北京文學》，有兩篇名為「新體驗小說」。掛頭條的是李功達的〈枯坐街頭〉。另外一篇是楊屏的〈戰友在香港重逢〉。正因以「域外」作背景，值得臺港讀者注意。

新體驗小說有何特色？同期刊了毌國政的筆談，可作題解：「迴避『深刻』」。深刻為什麼要迴避？他所說，因為「深刻」的作品不一定傳世。像反映人民公社的、寫大煉鋼鐵的小說，也曾「深刻」過，可惜：

令人痛心的是，時過境遷，不少當年紅極一時的「深刻」之作，已被讀者忘記，消失在歷史的煙塵中。

不要再蹈覆轍，怎麼辦？再引毌國政的話說：

能寫出我們這個時代一些普通人的生活形態，我就心滿意足。普通人的際遇，他們的歡樂和不幸，特殊時刻心靈的顫慄，都是我願意關注的。

以文字看，〈戰友〉顯淺通達。故事結構，層次分明，與曾流行過一陣的「先鋒小說」大異其趣。

先說故事。第一人稱敘事者楊屏，一九七五年高中畢業後下鄉，在洛陽郊區趕馬車，巧遇因文革落難的習仲勛，成了患難的忘年交。習仲勛日後復出掌權時，未忘當年的小朋友，處處照拂。一九七九年對越南「反擊戰」爆發，原為海南區教導大隊打字員的楊屏，請纓上陣。遇戰友譚偉德，「一副典型的廣東人的嘴臉，眉骨高聳，額頭闊大，皮膚黝黑」。其貌雖不揚，可「從他那不算太厚的雙唇中說出的話，卻如北方漢子般的直爽」。

他們因此做了朋友。楊屏想不到的是，這廣東佬跟連長的關係，竟惡劣到你死我活的地步。營長給楊屏下了指令：譚偉德如臨陣逃亡，可就地槍決。而譚偉德呢，也四處揚言說，一上戰場，不殺越南人，先要幹掉的是連長和指導員。

戰事爆發。連長和指導員先後犧牲。譚偉德摸黑破了敵陣，本應立功一等，但因對報界宣稱自己非凡的勇氣來自「對連長、指領員的刻骨仇恨」，壞了事，沒立上一等功。

一九八一年譚偉德輾轉到了香港，在黑社會打滾，走私煙，發了財。楊屏自己呢，退伍後回到洛陽，一心一意要考地方大學，做作家。

〈戰友〉的壓軸戲，應由二人在香港重逢開始。

楊屏是應香港文化界朋友之邀訪港的。譚偉德有一次險遭連長鬥爭，幸楊屏及時挺身而出，替他背了黑鍋，免了一劫。此恩深同再造，難怪此時當了黑社會頭目的譚偉德一遇故人，就在尖沙咀最豪華的潮州菜館替他接風。飯吃完後跟著到沙田賭馬。

這一節原文照抄以存真：

> 賭馬，毫不誇張地說是香港最富於群眾性的活動了，可以說六百萬港人都在賭……。人們看馬賽跑是假，想贏錢是真。而我呢，的的確確是來看賽馬的，但是，我的的確確贏了大錢。

他存心看賽馬，卻贏了六十三萬四千港元，因為戰友以他的名義在他點的黑馬上壓了重注。

這筆巨款，楊屏回洛陽時有沒有帶走，小說沒有交代，但主角出污泥不染的形象，漸見端倪。

以喻言的模式看，《戰友》是社會主義的唐僧，到港接受資本主義各式各樣「蜘蛛精」考驗的心路歷程。其中名副其實的蜘蛛精是奉譚偉德之命，二十四小時「奉陪」貴賓的王小姐。

幸好我們這位現代唐僧，功力深厚，不需孫大聖援手。因為他：

首先適應不了的是女人。譚偉德花巨款僱來個王小姐，一副渴望強姦的嘴臉，尤其是見我在跑馬場贏了巨款之後，洗澡也往我浴盆裡鑽。

恩公見他對王小姐態度冷淡，乃提議帶他到夜總會去，讓他「騎騎歐洲的大洋馬」，他也不為所動，決定守身如玉。

本文取名「世紀末的喻世明言」，現在可以釋題了。《喻世明言》原為三言一集，餘下二言為《警世》、《醒世》。三輯名目雖異，某些散章內容雖有經「包裝」處理的誨淫誨盜描述，但主旨賞善罰惡。發揚文學的社會功用，明顯不過。三言篇目凡可稱為「寫實」的，人物多為血肉之軀，如〈崔待詔生死冤家〉中的崔寧。這類角色，正因凡夫俗子，見色起心，見利忘義，不足為怪。

與此類作品成反比的是所謂「發跡變泰」故事，如〈趙太祖千里送京娘〉。這類角色，既是英雄好漢，能人之所不能，視錢財如糞土，坐懷不亂。典型人物的操守，約定俗成，沒轉圜餘地。

大陸文學自中共建國以來著意經營的，就是共產黨員的正面高大形象。這種風氣，有一段時間因魔幻、超現實、後現代等潮流的衝擊而顯得蕭條。

〈戰友〉今天以「新體驗」的姿態出現，是不是復古的一種痕跡？

三言小說「寫實」的部分，可貴的地方是寫的人情世態，多以常理為歸依。見色動心、見利忘義，是常理。當然，世間拔乎俗流的人物也多得是。李叔同日後不是看破紅塵，佛門不會有弘一大師。對小說家而言，李叔同的一生，最堪入卷的，是從花花公子的歲月到修得禪心的過程。

〈戰友〉中的楊屏，到了馬場，「的的確確是來看賽馬的」。美人投懷送抱，他看到的，卻是「一副渴望強姦的嘴臉」。楊屏可能是毌國政眼中的「普通人」，但際遇近乎傳奇。他不費吹灰之力就把蜘蛛精撒下的魔障解除，因此在人物造型來說，楊屏是趙太祖，而非崔寧。

如以崔寧的觀點看太祖，那此公行徑，確不可思議。但若細讀此話本，這位來日的天子並非不解溫柔。他冷落京娘，因為他天不怕、地不怕，怕的就是京娘。怕萬一把持不住誤入溫柔鄉，就會惹得天下英雄見笑。

趙太祖不是崔寧。他為名山事業而活，目光既如此遠大，眼前的「犧牲」，在他來說，也是值得的。

楊屏這位敘事者在港的言行，相當於證道，證明共產主義沒有破產，抗拒精神污染的能耐一分未減。以此意識言之，他的造型與趙太祖有不少共通之處。

他自承不是禁欲主義者，拒絕王小姐色誘，因為不想「讓壞女人玷污了我」。戰友譚偉德要買高檔禮物送他，他不要，「不是東西不好，不是我不想要，一旦要了，我就覺得我不是譚偉德的戰友，而是他的孫子……。」

這種顧慮，很合情理，但以小說論小說，不能不說是故意「迴避『深刻』」。

要寫得「深刻」，則要面對現實。也就是說，得承認金錢與美色的引誘，不是單憑背《毛語錄》或黨員守則之類的戒律就可以抗拒的。《喻世明言》中的長老五戒禪師，道行不可謂不高，可他「一見紅蓮，一時差訛了念頭，邪心遂起」，終於壞了清規。

資本主義社會紅塵滾滾，充滿了令人墮落的因素，要「深刻」地寫，就〈戰友〉一篇而言，不能不突出各種人之大欲誘惑之可怕。〈戰友〉是屬於主題先行的文學作品。相對於譚偉德，楊屏是解放軍的正面形象，猶如降伏白娘子的法海禪師之相對五戒。可是，即使受了主題的限制，不能讓楊屏墮落，為了深入地交代理想和醜惡現實的衝突，讓他深刻一點受誘惑，可能更符合情節的需要。只要他能守得住，「敵人」愈兇狠，愈能顯出他的英雄氣概。

以上的推想，自屬書空咄咄。〈戰友〉是針對九七香港形勢的樣板文學，哪能讓資本主義餘毒施展拳腳？因此楊屏一皺眉，王小姐就「潰不成軍」。

〈戰友〉怎麼收場？譚偉德知道楊屏去志已決，很失望，因為他打算把在香港的「攤子」交給他，自己到加拿大去與妻兒相聚。楊屏看得見「他那顆真心，卻一時不知該怎樣回答他」。

這個關子大概可從結尾的七個字找到端倪——「血和膿都濃於水」。這大概是說，譚偉德雖然變了「膿」，但對戰友的真情不減，因此攤子要交給楊屏。別人呢，因無袍澤之誼，交情若「水」。

這個轉彎抹角來歌頌戰友之情，的確別開生面。令人費解的是，九七已起倒數時間，掛上共和國旗幟的香港，舞照跳、馬照跑想無問題，但像譚偉德這種黑社會人物是否還能繼續活動，實難逆料。譚偉德還要親密戰友接他的「攤子」？

這位由血變膿的傢伙打的主意，無疑是要陷朋友於不義。

楊屏最後還是回到洛陽去的，這一點可以肯定。

文學的租界

以局外人的身分看，三〇年代文學作品，足觀者不多。所謂局外人，就是「老外」。他們看中國文學不會另設標準，不會特別考慮到文學作品與國家情懷的因果關係。這也是說，他們衡量作品的繩規，並不突出歷史環境與社會因素。他們強調的，通常是文字的特色、技巧的鋪陳和視野是否「別有洞天」。

詹納（William Jenner）教授是英國知名漢學家，譯著等身，不是泛泛的「老外」。他對魯迅在中國現代文學史的地位與成就，當然認識深切。可他對魯迅作品的評價，站在中國讀者的立場看，頗出人意表。因為他認為魯迅小說的造詣，不及雜文和《野草》類型的散文詩。

為了怕引起誤會，詹納一再聲明，這種估計，完全是以西方讀者的口味為準則的。此乃明智之舉，因為對中國讀者而言，魯迅尖刻辛辣的雜文，遠不如〈狂人日記〉、〈阿Q正傳〉

和〈祝福〉這些作品之能振聾發聵。

這幾篇小說，毫不留情地揭露了國人各種沈疴暗疾。阿Q和祥林嫂等角色，亦因此成了現代文學的典型人物。正因魯迅小說人物多為中國社會時代性的特產，內涵自有局限，其境況不像哈姆雷特或唐・吉訶德那麼喻意深遠，那麼能兼具西方世界認為人類共有的道德層次。

詹納以宏觀看中國文學，他對魯迅小說的評價因此不足為怪。我在美國大學授課近三十年，使我認識到，文學一經翻譯，打個封建的譬喻，就像出嫁了的女兒，你再管不著了。作品在娘家時因歷史和社會因素所作的種種考慮與假設，一到夫家，說不定要諸多修正，以適應新環境。

講授翻譯文學，以小說較容易應付。西方近代文學理論造詣深厚的，即便拿著最「餿」的文本，也可說出一大番道理來。理論不如人的，等而下之也可「講古仔」，說故事。

三〇年代的新詩，大部分玲瓏浮凸，不論念的是原文或翻譯，微文大義，總可捉摸。即使遇上李金髮，他的朦朧面貌也嚇不倒人。要點是向學生坦白，說做老師的對他的詩也是一知半解。這一來，幾十個臭皮匠一起「尋幽搜秘」，有時確也探出一些天機來。

各類型作品中，最難教學生消受的，恐怕是散文。小說有「古仔」可講。詩越晦澀，越能增加智力測驗的情趣。可是散文之引人入勝，憑仗的不外是作者的文字與機智。梁實秋的《雅舍小品》，一經翻譯，在文字上雖然打了折扣，但其風趣幽默的特色和達練的人情，大體上可以保全下來。

但五四時代的散文，除周作人等一二大家，餘子一出「娘家」，面目模糊。巴金說「我愛月亮，但我也愛星星」，頗有哲理，但在「化外之民」聽來，卻卑之無甚高論。

朱自清的散文，以前是中學的作文範本，大概取其語言清白和人情味。但這些特色，一經外文過濾，難睹全豹。再說「人情味」一節，也時移世易。像〈背影〉一篇，四五十年前的小朋友看了，無不感動。今天讀〈背影〉，感動五中的，恐怕還是為人父母者。兒女在外的老子看了，說不定會悲從中來。

在中文為母語的地區授中國文學，不能把作品孤立去細讀。要存史觀，作家和作品的時代背景不能不交代。為了顧及此需要，中文系的同學，面對再「餿」的作品，也得硬著頭皮啃下去。這是責無旁貸的事。

外國學生可不吃這一套。如果教授不識趣，硬塞下去，學生為了分數，當然會虛應故事。怕的是課後呼朋引類，大吐苦水。一傳十、十傳百，一門本來已是慘淡經營的課，以後更難以為繼。

近十年來大陸小說一反常規，以各種不同的新面目出現。這些現象，早有專家談論過，不贅。不論像莫言、蘇童、格非和余華等人在大陸文評家眼中的份量如何，對外國學生來說，這不啻是中國近代文學柳暗花明的一種新氣象。他們的作品，以意境言之，也不易消受，幸好學生多念西方文學出身，知道讀現代小說，不一定有下回分解。依他們看來，有時作品越朦朧，越見意猶未盡之趣。

近年歐美出版的中國現代小說，幾乎清一色是一九八五年以來崛起的新秀作品。出版界出書要考慮市場，教授開課要考慮學生的興趣。一個國家的文學通過翻譯轉生，等於走進了人家的租界，享受治外法權。

西方學者月旦文學，自有一套金科玉律，我們租界以外的人，管不了。這等於我們把《哈姆雷特》和《唐・吉訶德》譯成中文後，他們就進了中國的租界。我們對這些作品自成一套的說法，西方的批評家也管不了。

哈維爾蒙難記

《老爺》雜誌六十周年特刊，在諸多名家作品中，我最欣賞哈維爾的〈不可輕言絕望〉(Never hope against hope)。有關哈維爾言行身世，我在〈書生總統哈維爾〉和〈美麗的憧憬〉介紹過。事隔一年多，舊時的捷克已成兩個獨立的政體。

過氣政客的京華舊事，甚至個人私隱，多多少少有點新聞價值。但《老爺》向哈維爾邀稿，顯然不是為了他的「新聞價值」。一般美國人，包括大學生在內，對東西兩岸以外發生的國際事件，不太關心。Vaclav Havel是誰，也許我的看法太犬儒，一般《老爺》讀者不見得知道。

《老爺》編輯請他寫稿，只是賞識他文人本身的貨色。只要他肯來稿，你可相信這是哈維爾個人的聲音，不是槍手捉刀湊合出來的。

事隔兩年，哈維爾文采依舊。〈不可輕言絕望〉文章不長，內容亦莊亦諧，深諳靈魂按摩之道。

「一九八九年，就在我連做夢也不敢相信自己會貴為總統前的幾個月，我有過一次死裡逃生的經驗。」哈維爾這麼作開場白說。

死裡逃生的經驗，多少有點傳奇色彩。發生在哈維爾身上，簡直就是個現代西洋志怪。事緣他一天到布拉格近郊一鄉村訪友。晚餐後，他扶著一個喝得酩酊大醉的朋友回家。路面漆黑。哈維爾自認神智清醒，可不知怎麼忽然一骨碌的掉進一個四面有牆圍著的黑洞去。

「事實上，我是掉進陰溝裡，」哈維爾有點勉為其難的補充說：「或者更正確點說——真有點不好意思——我是跌入糞池！」

他在污物上拚命擺動手足「泳游」，但身體繼續下沈。「岸上」的居民抱著人溺己溺的精神，以疊羅漢的方式向他伸出援手。

鄉村父老救人精神雖然可嘉，但於事無補。他們折騰了三十多分鐘，眼看哈維爾快沒頂了……。

「想不到本人竟落得如此下場！」哈維爾對自己說。

就在這千鈞一髮間，有人突然想到好主意：何不放一把長梯下去？

僅此一念，他們救回了未來捷克總統的性命。

「我畢竟享受不到第一個喪生於糞池的劇作家的榮耀。」哈維爾自我打嘲的說。

這段「糞缸蒙難」掌故，跟「不可輕言絕望」有什麼關係？有的，他把這段不足為外人道的狼狽經驗說出來，無非是要證明一點：希望有時會在最沒有希望、最荒謬的情勢下突然浮現出來。

〈不可輕言絕望〉上半篇，妙趣橫生。下半篇卻文筆穩重，如證道之言。他說他自己常常受到荒謬劇的感染，原因無他，只不過這些劇作最能反映現代人空虛、無根、無靈性的面貌。當一個人發現自己安身立命的信仰，原來僅是自己產生的幻覺時，就會變成一個徹頭徹尾的懷疑主義者。這一點不難理解。

懷疑主義的後遺症是歷史的非人化。也就是說，歷史在我們頭上掠嘯而過，自尋發展軌道。非人化後的歷史，跟我們的生活不關痛癢不消說，還會騙我們，跟我們開殘忍的玩笑，毀滅我們。

可幸的是，歷史不在別的地方發生，它就在我們眼前上演。我們都是歷史一個成員。如果把人性重新帶回世界秩序需要依靠些什麼的話，那麼唯一可以依靠的就是我們自己，看我們在此時此地的表現。

哈維爾在糞缸蒙難前曾坐過牢。他拿這兩個經驗替自己〈不可輕言絕望〉的論調作證，外人無法置喙。他說他常常想到的希望，就是個人的一種心境，而不是世界大勢。希望不是一種「預顯」，而是精神的導向。我們每人必須自己尋找足以滋長生命的基本希望。這種有關信仰的事，不能假手別人。

希望是為了達成某種目標而獻身的能力，而不是人在順境時流露的喜悅，或是看到別人生意有苗頭時才表示要投資的意願。

希望絕對不是樂觀的同義詞。所謂希望，不是「船到橋頭自然直」的信念。希望是不計成果、義不容辭思想的實踐。就是依靠著這種希望，我們才能在今天看似絕望的環境中活下去，而且還不斷的嘗試創新局面。

面對荒謬的世界，生命更覺寶貴，因此不容它貶值。這也是說，不能漫無目標、毫無意義、沒有愛情和希望，空虛地活下去。

哈維爾為文，好作格言體警句，初次接觸他論著的讀者，不易捉摸其微言大義。我們大致可以這麼簡括的說，他是個「無可救藥」的人文主義者。他對人性的看法，套用張灝的用語，雖然相當「幽暗」，但我們從上文可以看出，他的思維帶有濃厚的理想主義色彩。他相信事在人為，相信好人出頭，社會總有改善的一天。

理想主義，大概就是哈維爾心目中的希望。希望就是理想。

他這篇文章，你也許會覺得不過爾爾，但這一點特色你卻不能否認：自揚「污史」以明志的勇氣。當今有頭有面的政客中，捨哈維爾外，再無第二人。

突圍表演

——對先鋒派小說的憂慮

本文自月來讀書筆記衍生，信手撿來，不甚求條理。

閱一九九四年十月三十一日《紐約時報》，見Patricia Nelson Limerick文，〈與教授共舞：論學院派文體之弊端〉（Dance with Professors: The Trouble with Academic Prose）。她說在我們日常生活言談中，若遇到不明對方所指時，總會客氣的再問一次。對方或會以另一種方式作答，讓你聽懂為止。

但你看的要是晚近的學院派文章，即使不明所指，也千萬別請作者「換句話說」。

「那真有點麻煩，」對方可能不客氣的說：「問題是你讀書未經訓練，茅塞未開。你聽明些的話，就會懂得我說什麼。」

Limerick慨歎的，是美國學院中人語文能力日漸式微。毛頭小子的大學生不必說，最令她驚異的是有些人文學科的教授，著作汗牛充棟，但以文字言之，沙石滿紙。Allan Bloom 生前為芝加哥大學哲學教授，以《閉塞的美國心靈》知名。但據Limerick採自此書作反面教材的例子看，這位哲學教授寫的某些句子，確朦朧如天書。

既是天書，凡夫俗子實在沒有能力看懂。Limerick認為近來學院派文章，越來越超凡入聖，正是這原因：博大精深的思想，只合傳有慧根的人。任誰都看得懂，作者反而不好意思。

想不到我年來讀大陸先鋒派小說，有時竟產生類似上述茅塞未開者讀朦朧學院派文章那種惶恐。先鋒派名家輩出，未能盡看，但就已看過的來說，已夠瞧的了。余華的作品，乃先鋒派的前衛，不斷新陳代謝，令人目不暇給。每次讀余華，總有慷慨赴義、上臺接受智力測驗的感覺。較為傳統的篇目，如〈愛情故事〉、〈古典愛情〉、〈鮮血梅花〉和〈現實一種〉等，每有所得，便沾沾自喜，深慶自己大腦尚未完全鈣化。

看不懂的，原因大概如李陀所說，「小說在余華手中成為一種以語言構成的自足的實體，……余華關心的是語言自身，是如何推動、幫助語言完成自我目的化，即把語言符號的美學推向極致後看看究竟能形成什麼樣的本文。」

話雖如此，自己身為職業讀書人，母語又是中文，中文作品居然也看不懂時，那種羞辱與自卑的感覺，真是不足為外人道。看先鋒小說既然是智力測驗，自己不合格，只好接受事實，承認自己資質愚鈍。不知為不知，也沒有什麼可恥的。

雖然從余華的微言難睹大義，但他用「語言符號」勾劃出來的世界，卻易辨識：那是個充滿暴力、乖戾與死亡的恐怖世界。作家在敘事時殺人如麻。讀者看多了，慢慢也「習慣死亡」。人命的確螻蟻不如。後來看了南帆〈再敘事：先鋒小說的境地〉一文，才知自己迂得可以。原來死亡在一些先鋒派作家筆下，不過是「敘事策略」之一種。難怪《往事如煙》的人物，有些竟以數字符號代之。死的不是人，而是「它」。連「牠」都不如。

格非的小說，也屢見先鋒派為了體現敘事策略的需要而安排的暴力與死亡。〈迷舟〉一篇，有丈夫處理通姦妻子心狠手辣的場面，但一來敘事筆墨抒情，二來作者無意突出暴力，這原本極有戲劇性的情節，被他輕輕一撥，淡而化之。格非除了敘事舉重若輕外，還愛在關鍵處賣「空缺」。這無疑是他文體一大特色，只苦了像我這個善忘的讀者。有些篇章，如〈青黃〉、如〈風琴〉，因常為批評家品題，早正襟危坐看過了。難為情的是，看是看過了，但說的是什麼「故事」，掩卷後卻不見鱗爪。「空缺」一辭，採自陳曉明〈最後的儀式〉一文，意謂對人物或事件的變化不作交代，「儘管這個『空缺』不過是從博爾赫斯那裡借用來的，然而格非用得圓熟到家，就像祖傳秘方。」

〈迷舟〉、〈大年〉至今猶有印象，可能因為作者構想先鋒之餘，敘事還保留了相當傳統的紋理。

葉兆言的小說，我只看過〈棗樹的故事〉和〈採紅蓮〉。〈棗樹〉前半部故事，江湖傳奇氣味極濃，頗有後現代武俠小說之架勢。雖號稱先鋒作品，還一樣看得過癮。可惜好景不常，到了第十節，作者突來現身說法：

我深感自己這篇小說寫不完的恐懼。事實上添油加醋，已經使我大為不安。……我打著寫小說的幌子，自我感覺良好……。

愛把自己「迷失」在小說世界的讀者，看了這種作者自招，一定覺得大煞風景。作者在第十節以前辛苦經營了一座七寶樓臺，本應好自為之，誰料他步馬原後塵，耍出後設花拳繡腿，害得我這個讀者感覺一點也不良好。後設小說據說關心的是怎麼寫，而不是寫什麼。因此他推心置腹說：

〈採紅蓮〉是我寫得最累的一篇小說。也許對它的指望過高，也許……我的構思日新月異，一天一個樣。我想寫一個非常非常好的愛情故事，然而現實中的愛情故事卻讓我處理得非常糟非常糟。〈採紅蓮〉中的女主角，究竟讓她死，還是讓她活，我總是打不定主意。

「吹皺一池春水」，這關我們看戲的觀眾底事？借用南帆的話說，這種關子「無疑造成了故事閱讀的夾生之感——對於臺下的觀眾說來，目睹劇院化妝間技術操作必將破除舞臺劇情的神聖性」。

南帆的論文，檢討了先鋒小說的得失後，毫不含糊的說，「始於馬原的這批先鋒小說已臨強弩之末。落幕的時候到了。」

先鋒派小說是否會「落幕」，將取決於市場。余華、格非的小說，確是「苦悶的象徵」的外一章。可是看來依然有讀者，不然不會收入大陸長江文藝出版社的跨世紀文叢內，雖然發行量僅有六千冊。

這些先鋒作家，在臺灣也不寂寞。遠流和麥田都出了他們的作品。

中國作家以短短十幾年的光景，通過理論與實踐「橫的移植」，分享了歐美文學一個世紀的成就。也許我們自知在現代文學方面起步晚，要「超英趕美」，只好像殘雪那樣作〈突圍表演〉。

余華、格非的風格已夠「怪異」，看來孫甘露和北村比他們「更勝一籌」。這種大家搶著「突圍」的現象不知以後還會不會繼續下去。令人擔心的倒是，攻伐之餘，得來的成果，會不會被人家拿來作中國現代作家「剽竊策略」的佐證？《今天》雜誌前年發表了現代中國文學專家Bonnie S. McDougall教授一篇文章，是張棗的譯文：〈外來影響的焦慮：創造性、歷史與後現代性〉，討論的正是現代中國作家的「模仿癖」等問題。

被人說模仿也好、剽竊也好，都是不光彩的事。我們的先鋒作家是否只曉得拾人牙慧，毫無創意？這問題得等將來看博士論文解答。

《廢都》春光

閱報知中國社會科學院當代文學研究室，前些日子請了十幾位文評家，一起討論賈平凹的《廢都》和陳忠實的《白鹿原》這兩本長篇小說。據稱他們對這兩位名家書中「誨淫誨盜」章節，都很有意見。

幸好今天不是文革時代。單批不鬥，毛髮猶存，有益銷路。至於這兩本作品除了「傷風敗俗」的部分外，在藝術上是否能站得住腳，他日自有公論。目前大家注意到的，大概還是這兩本書的新聞價值。

本文謹以《廢都》為例。北京出版社印行的，是潔本。方留戀處，作者就冒出頭來說此處刪了若干字。這可能是現代推銷術，但也可能是賈平凹真的把雲雨情的段落私藏起來，只為識者存。

真相如何，不必深究。總之，對好此道者言之，讀潔本《廢都》猶如visit a whorehouse without a second floor 。此句英文典出《花花公子》創辦人海納夫一仇家。五〇年代的《花花公子》，美女玉照囿於法律，只能迎風戶半開。好事者謔稱此刊物為「不設二樓的妓院」，意謂上青樓不見陽臺。

對讀過足本《金瓶梅》或《肉蒲團》的讀者而言，《廢都》未能窺全豹，大概也不覺得有什麼損失。飲食男女幹的好事，除非雙方長了三頭六臂，否則所作所為，都是大同小異。像《繡榻外史》或《燈草和尚》這類淫書，只有血氣方剛輩才看得下去。

《金瓶梅》之所以異於凡品，因為作者藉書中人色欲之無度比喻世風之沈淪、道德之敗壞。傳統社會甚然「萬惡淫為首」之說。要突出西門慶那夥人之「惡」，只好不惜筆墨細描他們的房中事。以此觀之，書中的細節少不得，因為這清河惡少的形象，一半就是建立在他的婦女關係上。對她們說來，他是個會行走的權勢陽具。

上面提到的幾本小說，在「黃」的部分，也可與《金瓶梅》爭一日長短，但總入不了文學的廟堂。《金瓶梅》是人情小說。西門慶家中的妻妾，一見他回家就寬衣解帶，投懷送抱。她們是「天生淫婦」？我想在母憑子貴的宗法社會中，潘金蓮和李瓶兒等人，即使天生性冷感，為了爭寵，在床上也要表現得熱情如火。

這種人情世故的關連，《繡榻》和《燈草》是付之闕如的。表面看，西門慶是玩女人。倒過來看，他是她們的「生產工具」。

纏足這風俗，是男人為了自己「享受」而折磨女人作的孽。一夫多妻是男人自作的孽。西門慶也實在可憐，雖然他自己不知道。

小說中工筆寫男女風月事，因此不可一概以淫書論。克恩（Stephen Kern）教授近作《情之為物》（*Culture of Love: Victorians to Moderns*）以史家的訓諫看文學作品，頗為新見。《查泰萊夫人的情人》可能不是勞倫斯最成熟的作品，但舉世知名，殆無疑問。在英國文化史上，這是石破天驚之作。

據克恩的讀書心得，維多利亞時代的英國人，閉目接吻，摸黑做愛。《查》書中的園丁與夫人，魚水之歡時百無禁忌，而最富「革命性」的一節，依克恩的觀察，是這「老粗」雞姦（sodomy）了夫人。在當時的英國社會，這是不可說、不可說、幾乎相當於褻瀆神聖的醜事。

以「淫書」的標準看，《查泰萊夫人的情人》今天或無一足觀。我們可不能忘記的是，把人類性行為看做一種自我、甚至種族救贖的手段，甚至可以說提升到宗教境界的，勞倫斯可說是第一人，此書因此有不可磨滅的歷史與社會價值。

由是觀之，《廢都》穢不穢無關宏旨，文評家要衡量的，倒是此書作為人情小說的價值。

除「穢」外，還有什麼看頭？「莊之蝶的手就像蛇一樣地下去了，裙子太緊，手急得只在裙腰上抓，婦人就把裙扣在後邊解了，於是那手就鑽進去，摸到濕淋淋的一片。□□□□□（作者刪去十一字）」。

如果這些「春光」是《廢都》唯一的看頭，那就沒有什麼看頭。

蘇童新貌

《十一擊》是蘇童最近的短篇小說集，收十一篇，因此得名。

拿蘇童早些時日的作品來參照，《十一擊》所收各篇，似有絢爛漸趨平淡之勢。論者王德威曾有文言及朱天文和蘇童二家註釋世紀末情懷的相對姿態，認為前者「擅寫現在，看現在如何就要凋零為過去」，而後者「擅寫過去，看過去如何壟斷、延宕現在的到來」。

除〈妻妾成群〉、〈罌粟之家〉、〈一九三四年的逃亡〉這些篇外，足以引證王氏論點的其他作品，幾乎俯拾皆是。其中予人印象尤深的，應推中篇〈南方的墮落〉和長篇〈米〉。

蘇童今年才三十一歲。〈妻妾成群〉發表於一九八九年。談論年紀較大的作家如王蒙，我們可籠統的把他們作品分期衡量。蘇童成名才不過五六年，若以早期後期分之，未免小題大做。但上列諸篇，至少在意象經營方面，與《十一擊》相比，實見不同的匠心，雖然文字陰柔綿密，一如往昔。

出現在《十一擊》的時空，均為一九四九年後的中國。歷史的架構不再立於清末民初，作者失去了托古喻今的方便。或許正因如此，我們可以在此一窺蘇童以前作品難得一睹的現世人情。

譬如說〈美人失蹤〉。香椿樹街三大美人之一的珠兒突然失蹤多天，害得她母親哭哭啼啼。挨門過戶的打聽她的下落。女兒最後穿著一雙新皮鞋回家了。人家問起，她若無其事地說：「我悶死了，到外地去玩玩，去散散心，這有什麼了不起的？」女兒到上海、杭州等地去玩玩，可急瘋了母親。香椿樹街鄰里雖覺得這結局有點意外，但正如他們看到河上浮屍出現時，「覺得自己應該背過臉去，但誰也沒有背過臉」，習慣地一直目送浮屍漂走那種平常心一樣。

以「寫實」的眼光觀照，〈板墟〉一篇亦發人深省。一老一少兩個來自北方的商販，到「墮落」的南方做買賣。老的雖然久歷江湖，最後二人還是莫名其妙的被官兵以殺人疑犯拘捕。而這「官兵」，正是老江湖一直要躲避的「強盜」。這真是一個警匪難分的世界。

《十一擊》的世界，並非一一如此沈重。〈與啞巴結婚〉，頗具喜劇規模。三十歲的美男子費漁，在眾香國裡尋他千百度，燈火闌珊處出現的，卻是工廠裡一聾啞女子。事因他約會的俏佳人，愈能言善道，愈易見「敗絮其中」。其中一位，竟把白宮主人克林頓與米高積遜混為一談。

如果求的，僅是些點兒的喜劇況味，那〈維納斯〉庶幾近之。平原苦苦追求維納斯（楊珊），看似無望。後因他願意效死的決心，感動了對方。好事近時，他應邀到小姐家吃飯，竟不由分說當著未來的泰山泰水放了個響屁，壞了大事，被楊珊當場掃地出門。

蘇童小說男女，多為有慾無情輩。這種精神虛脫現象，文前所列數種尤為突出。好不容易在〈維納斯〉找到例外，想不到白頭之約，卻不堪臭屁一擊，好夢成煙。愛情竟脆弱如斯。

「寫實」之餘，蘇童未忘情志怪傳奇風貌。〈櫻桃〉所記，小小事情，卻淒婉欲絕。正因郵遞員尹樹生性孤獨乖僻，「心中的怪獸只屬於他自己，尹樹從來不想打開心扉讓別人觸摸它」——正因如此，始可通靈。他郵遞途中所遇的少女白櫻桃，原屬陰府，幽思難收，乍現人間作嚶鳴。若要從《十一擊》選至愛，此乃首選。

前面提過此集在意象經營方面，有異於「早期」作品，茲以極有限的篇幅，略陳一二。性和暴力，是蘇童作品兩個常見的因子，儘管他「描寫暴力，也不是使用暴力的語言來描寫暴力」（阿城語）。〈米〉可謂集此之大成。性和暴力的場面，正因事非尋常，往往教人過目難忘。〈一九三四年的逃亡〉中的地主陳文治，有收藏少男精液的癖好（收在白玉瓷罐中）。

初秋時分，他愛用望遠鏡偷窺農婦在稻田中產子。鏡裡出現嬰兒的血光時，「陳文治軟軟癱在樓頂，他的神情衰弱而絕望。下人趕來扶擁他時發現那白錦緞褲子亮晶濕了一片。」這一類的意象，鮮明奪目、不同凡響，正如〈米〉中的五龍用米塞進女人的陰戶，以刺激自己性慾的變態行為，一樣怪異得令人難忘。

《十一擊》諸篇，性和暴力，沈潛隱沒，幾不復見。絢爛歸平淡之說，據理於此。我想蘇童風格之轉變，與他對自己的藝術信心日增不無關係。習慣了他先前泛濫著「淫猥潮濕、散發著淡淡罌粟幽香」筆調的讀者，看《十一擊》或會若有所失。這也許是個危險訊號，因為蘇童迷人的地方若僅止於此，他要繼續吸引讀者，只好不斷在性和暴力的花樣中「推陳出新」。性和暴力醉人如鴉片，「消費者」的需求永無止境。這會累壞作者。以此意識言之，《十一擊》是個重要的分水嶺。覽觀全書，看不到蘇童刻意逢承讀者的痕跡。

孤絕物語

朱天文以《荒人手記》獲時報文學百萬小說獎首獎。

據作者得獎感言說，小說原題叫《寂寞之鄉》，後來改成《航向色情烏托邦》。《荒人手記》，是完稿投寄前才定名的。

以作品的內容和敘述手法觀之，這是明智的決定。文內的自述者一開始就招認，「我以我赤裸之身做為人界所可接受最敗倫德行的底線」。

這個「我」，是男同性戀。「荒人」為什麼荒，讀者可從中體味。

《荒人手記》文字，零星、錯雜、如水面落花，不是我們習見的「小說體」。但既稱為手記，天馬盡可行空，不必以約定俗成規範求之。

朱天文以女生的身份寫男生異於尋常的情慾，在理論上說，其難度應比曹雪芹揣摩十二金釵的心理活動還要磨人。既寫龍陽之戀，演繹生死纏綿的文字，自當有別於男歡女愛那一套。這也是說，作者除了掌握男同性戀者的心態外，還要熟悉他們的「生態」。

作者在這兩方面的「寫實」，是否到家？屈林（Lionell Trilling）認為，一個作家若誠意不足，寫出來的東西，信實的程度就打折扣。朱天文對這題材的誠意是毋庸置疑的。她十多年前有一篇散文這麼說過：

這我也才曉得了「雖千萬人吾往矣」的心情，不僅是激烈的，也是極其柔和的。柔和是因為太喜歡這個世界上的一切了，連這個世代的敗壞和沈淪都不忍捨棄，還要眷戀、還要徘徊、還要對每一個人感到歉意，彷彿是自己錯了。

以女兒身去體驗「一朵陰性的靈魂裝在陽性身軀裡」的感受，確有「雖千萬人吾往矣」的氣概。至於這種感受，就男同性戀的心態與生態而言，信實程度如何，局外人實無資格置喙。

撇開「寫實」問題不談，作寓言看，《荒人手記》所觸及的文化層次，天外有天。《中國時報》在朱天文獲獎後刊出她和蘇偉貞的對談，茲抄一段：

> 我反省自己寫《荒人手記》，除了男同性戀敘述者這個人的遭遇，也在想，一個文明若已發展到都不要生殖後代了，情慾昇華到情慾本身即目的，於是生殖的驅力悉數擲在情慾消費上，逐一切感官強度，精微敏銳之細節，色授魂予，終至大廢不起。食傷的情慾，在小說裡荒人發出疑問，這是不是「同性戀化了的文明」呢？畢竟我是不能自外於我在的時代的，所以寫出這樣一個東西，若算不上寓言，也是個病例吧。

由此可見，朱天文用心雖然「柔和」、雖然接受「一切的敗壞一切的淚都是我們自己的」這個事實，對荒人「大廢不起」的行徑，卻沒避重就輕——雖然她也明白，同性相戀的情意，當事人身心均不由己，不應與是非善惡混為一談。

蘇珊・桑德（Susan Sontag）說得好：「一個人如果全心全意認同一種感性，就無法分析這種感性。……要給一種感性命名、勾劃其輪廓、講述其歷史，光有同情心還不夠，同時還得有厭惡得要吐的感覺。」

我想「荒人」這種經驗，既令朱天文入迷，也教她抗拒。她是在這種冷熱交替的情緒中完成這長篇的。

荒人是孤絕的一群。所謂家人，不外是名份上的稱謂。所謂朋友，不外是「受虐與耽美」

的同志。耽美的另一說法是頹廢。生母是日本人的阿堯，看到窗外的櫻花，即伸手去抓吃。「冷空氣灌進屋來，料峭春寒，我上去掩窗，見阿堯死灰臉，一唇淡黃花粉，哆嗦著嚼花。」

荒人族煎蛋作早餐，「煎得漂亮極了令人食之不忍」。

耽美是抗拒孤絕的一種姿態。英國荒人王爾德曾有名言：

如果我身陷孤島，只要配備齊全，每天晚餐我必會盛裝獨嚼。

荒人遺世獨立，在愛滋的陰影下分秒必爭的活著。這種孤魂野鬼的淒清，作者以全文不用對白手法烘托出來。朱天文棄用對白符號，自〈世紀末的華麗〉始，以《荒人手記》用得最到家。對白是建立社會關係的手段。與荒人關係最深的社會，自然是自己的圈子。但荒人之間的交往，「交談都不必，如狗們觸嗅鼻子互換氣息」。厭作「人間語」的族類，對白符號是多餘的。

因為敘述體是手記，書內出現了冗長與「小說」情節無關的文字。朱天文英美文學出身，對日本文化歷史的認識，更家學淵源。隨她信手拈來，就是一連串看似採自歐美和日本知識界名人榜的臺銜，難怪小說獎評委蔡源煌怪而問之：《荒人手記》到底是「小說」、「論文」，還是「小說兼論文」？

以小說看，像李維史陀、傅柯這些詰屈聱牙的名字，喧賓奪主。如果要歸類，《荒人手記》應屬於赫胥黎那派所謂「讀書人小說」，以未消解的理念充當小說的肌肉，因此本末倒置。小說應是用人物、情節去演繹和體現理念的。

從事創作的人，讀書太多，不一定是好事。

《荒人手記》是「孤絕物語」。荒人觀人，心理難得平衡。觀魚卻可置身事外：

> 我往往痴看二魚，廢寢忘食。……偶爾，它們各據一方對峙，劍道高手般蓄著內功好大張力，瞬間，爆發，一衝擦身而過，不明二者接招了什麼，已又各就各位，再一回合，直到我忍不住大笑起來。

觀情入微，直追《浮生六記》寫群鶴舞於天空的夏蚊和拔山倒樹而來的癩蛤蟆。此書第三節觀魚，乃我最愛。

三民叢刊書目

①邁向已開發國家	孫　震著
②經濟發展啟示錄	于宗先著
③中國文學講話	王更生著
④紅樓夢新解	潘重規著
⑤紅樓夢新辨	潘重規著
⑥自由與權威	周陽山著
⑦勇往直前 ・傳播經營札記	石永貴著
⑧細微的一炷香	劉紹銘著
⑨文與情	琦　君著
⑩在我們的時代	周志文著
⑪中央社的故事（上） ・民國二十一年至六十一年	周培敬著
⑫中央社的故事（下） ・民國二十一年至六十一年	周培敬著
⑬梭羅與中國	陳長房著
⑭時代邊緣之聲	龔鵬程著
⑮紅學六十年	潘重規著
⑯解咒與立法	勞思光著
⑰對不起，借過一下	水　晶著
⑱解體分裂的年代	楊　渡著
⑲德國在那裏？（政治、經濟） ・聯邦德國四十年	郭恆鈺 許琳菲等著
⑳德國在那裏？（文化、統一） ・聯邦德國四十年	郭恆鈺 許琳菲等著
㉑浮生九四 ・雪林回憶錄	蘇雪林著
㉒海天集	莊信正著
㉓日本式心靈 ・文化與社會散論	李永熾著
㉔臺灣文學風貌	李瑞騰著
㉕干儛集	黃翰荻著

㉖作家與作品　謝冰瑩著
㉗冰瑩書信　謝冰瑩著
㉘冰瑩遊記　謝冰瑩著
㉙冰瑩憶往　謝冰瑩著
㉚冰瑩懷舊　謝冰瑩著
㉛與世界文壇對話　鄭樹森著
㉜捉狂下的興嘆　南方朔著
㉝猶記風吹水上鱗
·錢穆與現代中國學術　余英時著
㉞形象與言語
·西方現代藝術評論文集　李明明著
㉟紅學論集　潘重規著
㊱憂鬱與狂熱　孫瑋芒著
㊲黃昏過客　沙　究著
㊳帶詩蹺課去　徐望雲著
㊴走出銅像國　龔鵬程著
㊵伴我半世紀的那把琴　鄧昌國著
㊶深層思考與思考深層
·轉型期國際政治的觀察　劉必榮著
㊷瞬　間　周志文著

㊸兩岸迷宮遊戲　楊　渡著
㊹德國問題與歐洲秩序　彭滂沱著
㊺文學關懷　李瑞騰著
㊻未能忘情　劉紹銘著
㊼發展路上艱難多　孫　震著
㊽胡適叢論　周質平著
㊾水與水神
·中國的民俗與人文　王孝廉著
㊿由英雄的人到人的泯滅
·法國當代文學論集　金恆杰著
51 重商主義的窘境　賴建誠著
52 中國文化與現代變遷　余英時著
53 橡溪雜拾　思　果著
54 統一後的德國　郭恆鈺主編
55 愛廬談文學　黃永武著
56 南十字星座　呂大明著
57 重疊的足跡　韓　秀著
58 書鄉長短調　黃碧端著
59 愛情·仇恨·政治
·漢姆雷特專論及其他　朱立民著

⑥0 蝴蝶球傳奇　顏匯增著

・真實與虛構

⑥1 文化啓示錄　南方朔著

⑥2 日本這個國家　章　陸著

⑥3 在沉寂與鼎沸之間　黃碧端著

⑥4 民主與兩岸動向　余英時著

⑥5 靈魂的按摩　劉紹銘著

⑥6 迎向眾聲　向　陽著

・八〇年代臺灣文化情境觀察

⑥7 蛻變中的臺灣經濟　于宗先著

⑥8 從現代到當代　鄭樹森著

⑥9 嚴肅的遊戲　楊錦郁著

・當代文藝訪談錄

⑦0 甜鹹酸梅　向　明著

⑦1 楓　香　黃國彬著

⑦2 日本深層　齊　濤著

⑦3 美麗的負荷　封德屛著

⑦4 現代文明的隱者　周陽山著

⑦5 煙火與噴泉　白　靈著

⑦6 七十浮跡　項退結著

・生活體驗與思考

⑦7 永恆的彩虹　小　民著

⑦8 情繫一環　梁錫華著

⑦9 遠山一抹　思　果著

⑧0 尋找希望的星空　呂大明著

⑧1 領養一株雲杉　黃文範著

⑧2 浮世情懷　劉安諾著

⑧3 天涯長青　趙淑俠著

⑧4 文學札記　黃國彬著

⑧5 訪草（第一卷）　陳冠學著

⑧6 藍色的斷想　陳冠學著

・孤獨者隨想錄

A・B・C全卷

⑧7 追不回的永恆　彭　歌著

⑧8 紫水晶戒指　小　民著

⑧9 心路的嬉逐　劉延湘著

⑨0 情書外一章　韓　秀著

⑨1 情到深處　簡　宛著

⑨2 父女對話　陳冠學著

⑨③陳冲前傳

嚴歌苓　著

在好萊塢市場，多少人一夜成名直步青雲，又有多少人一朝雲中跌落從此絕跡銀海。身為一個中國人，陳冲是經過多少的奮鬥與波折，身為一個聰慧多感的女子，她又是經過多少的心路激盪，才能處於這洶湧波滔中。本書將為您娓娓道出陳冲的故事。

⑨④面壁笑人類

祖　慰　著

本書是有「怪味小說派」之稱的大陸作家祖慰，在巴黎面壁五年悟得的佳構。他的散文神遊八荒，情貫萬里，將理性的思惟和非理性的激情雜揉一起。讀其作品既能吸收大量的科普知識，又可汲取其飄逸文風的美感享受。

⑨⑤不老的詩心

夏鐵肩　著

夏先生一生從事文化工作，大半心力都用在鼓勵培植有潛能的青年人，助他們走上文學貢獻之路。而他本身亦創作出不少的長短佳文。本書收錄計有：詩詞小品、散文、方塊評論等。作者一顆不老的詩心，洋溢在篇篇佳構中。

⑨⑥雲霧之國

合山　究　著

使中國風土之特殊性獨具一格的，與其說是天地的廣大，不如說是因塵埃、雲煙等而為之朦朦朧朧的自然空間吧！精氣、神仙、老莊、龍、山水畫、奇書等，其產生是有如何玄妙的根源啊！就以「雲霧」為起點，讓我們一起走進這美麗幻夢般的世界。

⑰北京城不是一天造成的

喜樂 著

打從距今七百五十多年前開始，北京城走進歷史的繁華紛亂。現在，且輕輕走進史冊中尋常百姓的那頁，一盞清茶、幾盤小點，看純中國的插畫、尋純中國的足跡。由博學多聞的喜樂先生做嚮導，就讓你我在古意盎然中，細聆歲月的故事。

⑱兩城憶往

楊孔鑫 著

霧裡的倫敦、浪漫的巴黎，除此之外，這兩城你可還留有其他印象。本書是作者派駐歐洲新聞工作二十多年的記錄。透過作者敏銳的筆觸，且讓讀者徜徉在花都、霧城的政經社會、文化藝術、風土人情以及歷史背景中。

⑲詩情與俠骨

莊因 著

一顆明慧的善心與真摯的情感，經過俠骨詩情的鑄煉，將生活上的人情世事，轉化為最優美動人的文句，呈現出自然明朗灑脫的風格。文學對於作者而言，不僅是興趣，更是他的生命，但他不泥古而創新，在其文章中俯首可拾古典與現代的完美融合。

⑳文化脈動

張錯 著

「我是一個文化悲觀者，因為我個人一直堅持某種希臘式的古典禮範，而這種文學或文化古典禮範，已日漸有如夫子當年春秋戰國的禮崩樂壞。」作者就是以這顆悲憫的心，用詩人敏銳的筆觸，深刻而熱切的批判著臺灣的文化怪象。

⑩① 桑樹下

繆天華 著

本書是作者在斗室外桑樹蔭的綠窗下寫就的小品散文。作者試圖在記憶的深處，尋回那些感人甚深的、發人深省的，或者趣味濃郁的人文逸事，不惟激勵讀者高遠的志趣，亦能遠離消沈、絕望的深淵。

⑩② 牛頓來訪

石家興 著

本書為作者三十多年來從事科學工作的心情寫照，包括思想、報導、論述、親情、遊記等等。文中處處流露出作者對科學的執著與熱愛，及超越科學之外的人文情懷，篇篇清新雋永，理中含情，情中有理，為科學與文學的結合，作了一番完美的見證。

⑩③ 深情回眸

鮑曉暉 著

作者生長在一個顛沛流離的時代，雖然歷經千辛萬苦，但行文於字裏行間，卻不見怨天尤人；有的只是對以往和艱苦環境奮鬥的懷念及對現今生活的珍惜，以及世間人事物的觀照及關懷。做為一本懷舊之作，或是清新的生活小品，本書皆為上乘之作。

⑩④ 新詩補給站

渡也 著

你寫過新詩嗎？你知道如何寫一首具有詩味的新詩？本書是由甫獲得「創世紀四十周年創作獎」的詩人兼詩評論家渡也先生，深入而精闢的剖析一首新詩的形成過程，指導初學者從如何造簡單句到如何寫出一首詩，是一本值得新詩愛好者注意的書。

⑩⑤ 鳳凰遊

李元洛 著

一生從事古典與現代詩論研究的大陸學者李元洛先生，如何在放下嚴肅的評論之筆，轉而用詩人細膩的筆觸，摹寫山水大地的記行，以及人生轉蓬的寄悵，書中句句是箴語、處處有真情，值得您細品。

⑩⑥ 文學人語

高大鵬 著

忙碌的社會分散了人們的注意力、淡化了人們對身旁人事物的感情，任由冷漠充填在你我四周……而本書的作者以感性的筆觸，表達了自己對身旁人事物的真心關懷，以平實的文字與讀者分享所遇所感，無疑是給每個冷漠的心靈甘霖般的滋潤。

⑩⑦ 養狗政治學

鄭赤琰 著

身處地理、政治環境特殊的香港，作者藉由動物的百態來反諷社會上種種光怪陸離的政治現象，在其輕鬆幽默的筆調背後，同時亦蘊含了嚴肅的意義。這一則則的政治寓言，讀之不僅令人莞爾一笑，更具有發人深省的作用，批判中帶有著深切的期盼。

⑩⑧ 烟塵

姜穆 著

作者是一位出生於貴州的苗族人，卻意外的捲入戰爭。在臺娶妻生子後，所抒發對戰亂、種族及親人的真誠關懷。內容深沈、筆觸清新，充分顯露在生活的烈焰煎熬下，早已視一切如浮雲，淡泊名利，將其一生的激越昂揚盡付千里烟塵中。

⑲ 河 宴

鍾怡雯 著

人間繁華的請柬處處，不如赴一場難得的野宴。聽一回水的演奏、看一場山的表演，再來細細品味鍾怡雯為您端出來的山野豐盛清淡的饗宴——極盡可口的綠、十分道地的藍，以及不加調味料的白。

⑩ 滬上春秋

章念馳 著

章太炎，這位中國近代史上的思想家、政治家，曾因領導戊戌變法失敗而流亡海外。他雖是浙江餘姚人，卻有大半輩子的歲月是在上海度過。本書是由章太炎的嫡孫章念馳先生，從家族的口述和史料中，完整的敘述章太炎的這段滬上春秋。

⑪ 愛廬談心事

黃永武 著

每個人心中都有一枝彩筆，然而在趕遠路、忙上班的歲月裏，枕頭上的日升月降中，像拋來擲去的跳丸，彩筆就這樣褪去了顏色……本書作者在辭去沈重的教職和繁雜的行政工作後，重拾心中的彩筆，為您宣說一篇篇的文學心事。

⑫ 吹不散的人影

高大鵬 著

時代替換的快速，不知替換了多少人生舞臺上出現剎那的面孔；而人類，偏又是最健忘的族群。本書中所收錄的文章，均是作者用客觀的筆，為曾替人類社會或文化默默辛勤耕耘的「園丁」們，做最真實的文字記錄。

113 草鞋權貴

嚴歌苓 著

曾經叱吒風雲的老將軍，是程家大院的最高權威，九個承繼他刁鑽聰明的兒女，則個個心懷鬼胎……一個來自鄉下的伶俐女孩，被命運的安排，走入這權貴世家。威權的代溝、情份的激盪、所有內心的驕傲與傷痛，這會是怎樣的衝突，怎樣的一生？

114 是我們改變了世界

張放 著

從事文學藝術的工作者是「人類靈魂的工程師」。如果作家不能提高廣大讀者的精神生活品質，而僅為娛樂人心、滿足人們的好奇和刺激，那麼與馬戲團的小丑或兜售春藥的小販何異？故而作者不禁要問：是我們改變了世界，還是世界改變了我和你？

115 夢裡有隻小小船

夏小舟 著

日本人參加婚禮愛穿黑色、日本料理味輕單調、日本人性格分ABCD、還有情書居然可以賣……於日本教書的大陸作家夏小舟，在本書除了告訴你作者旅日的見聞趣事外，也且隨她乘坐那夢裡的小小船，航行向那魂縈夢遷的故國灣港中。

116 狂歡與破碎

林幸謙 著

你可曾聽過溯河魚的傳統？憑著當初離開河源的記憶，激勵著牠們回到了河川盡頭的故鄉。寧願冒著生命的危險，也不願成為溫暖海洋中的異鄉客。本書作者由溯河魚的傳統，引入海外華人的悲調，一種狂歡與失落、破碎而複雜的心靈面貌。

⑰ 哲學思考漫步

劉述先 著

同樣的環遊世界旅行，企業家看到的是廣大的市場和商機；觀光客沈迷的是風景名勝和購物；文人墨客則歌詠人類史蹟與造物的奧祕。而哲學家呢？本書作者以其敏銳的邏輯思考，在具體的形象世界中悠遊漫步。期待您經由本書而拓寬自己的視野。

⑱ 說　涼

水　晶 著

地鼠營巢於地下，專喜啃噬花草植物的根莖。而玫瑰是酷愛陽光的美人，有潔癖，不能忍受穢物……。本書作者從事寫作近四十年來，筆墨蘸盡世間人情冷暖，猶然孜孜不倦的寫作。揮灑於字裡行間的，是一種識盡愁滋味後卻道天涼好個秋的豁達心境。

⑲ 紅樓鐘聲

王熙元 著

文學博士王熙元教授，多年來一直不能忘情於散文的寫作。他的散文清新而感性，談生活點滴，筆端真情流露；論人生哲理，則深入淺出，發人深省。此外剖析文學之美，或回憶個人成長、求學的心路歷程，亦多令人有所啟發，值得一讀。

⑳ 寒冬聽天方夜譚

保　真 著

本書為「青副」專欄「靜夜鐘聲」的結集。作者將其對生命與同胞的熱愛、執著，用感慨深邃的筆調，表現於一篇篇的短文中，告訴我們現今的臺灣與中國，需要我們付出什麼樣的關懷。在這些簡短的文字中，希望也能燃起我們一絲對民族的熱情。

⑫① 儒林新誌

周質平 著

本書是旅美普林斯頓大學周質平教授，將其多年在國內外的華文報章上所發表的四十多篇論述雜文結集成冊。書中呈顯出所謂海外學人的千般樣態，嘲諷中不失幽默，值得您細心體會。

⑫② 流水無歸程

白 樺 著

大陸知名作家白樺繼《哀莫大於心未死》之後又一本長篇小說。他的書取材是當代的，是改革開放後大陸所面臨的經濟文化與人慾的衝擊。書中的人物如高幹、富商、少女、情婦、歌星等，在金錢的誘惑下，一一呈顯出深沈黑暗而扭曲的人性面。

⑫③ 偷窺天國

劉紹銘 著

善人走完了人生路途上天國，會幸福到什麼程度？天國的幸福，會不會只是塵世快樂的延續？在本書作者引領之下偷窺天國的結果，是否會發覺天國的無趣？永恆實在可怕，幸福和快樂如果遙遙無盡期，一樣會變為無聊、乏味。天國，是否就在當下。

⑫④ 倒淌河

嚴歌苓 著

屢獲各大報文學首獎的嚴歌苓，繼《陳沖前傳》、《草鞋樣貴》後又一本小說新著。內容包括十個短篇及一部中篇〈倒淌河〉。全書無論在寫景、敘事或對話，都極老練辛辣，辣得幾乎教人流出淚來。

⑫⑤ 尋覓畫家步履

陳其茂 著

出國旅行，是許多人心神嚮往的事。而世界各著名的美術、博物館，更是文人雅士們流連佇足之所。與其走馬看花、對大師們的作品僅留浮光掠影，淺嘗輒止；不如隨著畫家陳其茂教授的引領，在其敏銳且情感深緻的筆觸下，一起尋覓畫家們的步履。

⑫⑥ 古典與現實之間

杜正勝 著

在古典與現實之間，一幕幕動人心弦的故事正激盪著你我的心。古典的真貌在不斷的探索中漸漸澄澈而透明。而現實的我們且懷著古典的情愫，在史學家杜正勝院士古典新詮的筆下，淺嘗歷史的滋味。

國立中央圖書館出版品預行編目資料

偷窺 天國／劉紹銘著.--初版.--臺北
市：三民，民84
面；　　公分.--(三民叢刊)
ISBN 957-14-2350-5 (平裝)

855　　　　84010548

© 偷　窺　天　國

著作人　劉紹銘
發行人　劉振强
著作財產權人　三民書局股份有限公司
臺北市復興北路三八六號
發行所　三民書局股份有限公司
地　址／臺北市復興北路三八六號
郵　撥／〇〇〇九九九八——五號
印刷所　三民書局股份有限公司
門市部　復北店／臺北市復興北路三八六號
重南店／臺北市重慶南路一段六十一號
初　版　中華民國八十四年十月

編　號　S 85317

基本定價　叁元貳角

行政院新聞局登記證局版臺業字第〇二〇〇號

ISBN 957-14-2350-5 (平裝)

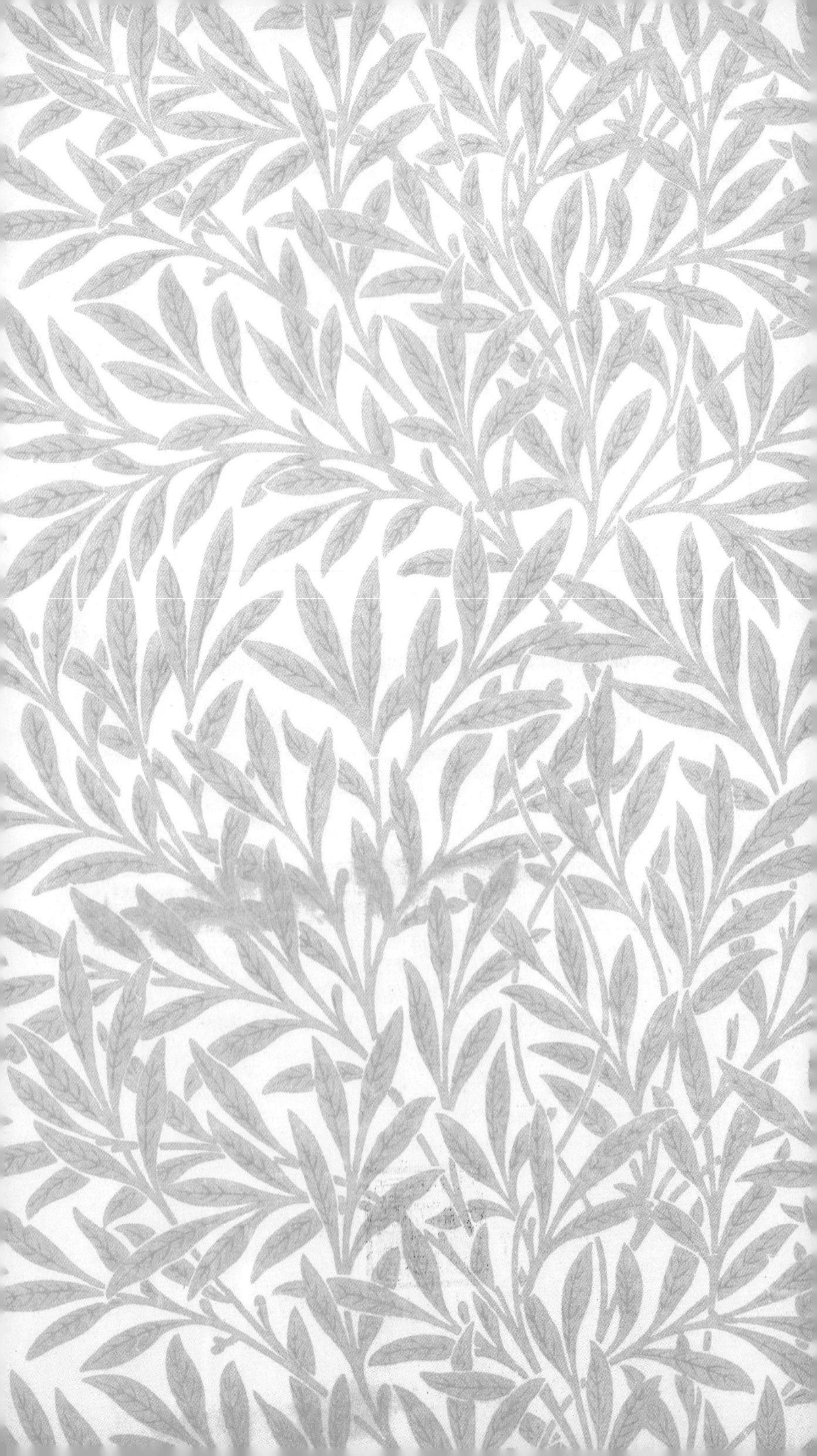